KB003254

유령 이야기

유령 이야기

에드거 앨런 포와 기 드 모파상 등 거장들의 고딕 단편집

기 드 모파상, 오스카 와일드 외 지음

세레넬라 콰렐로 엮음 마우리치오 콰렐로 그림 박세형 옮김

미메시스

이 책은 실로 꿰매어 제본하는 정통적인 사철 방식으로 만들어졌습니다.
사철 방식으로 제본된 책은 오랫동안 보관해도 손상되지 않습니다.

차례

죽은 여자

기 드 모파상

나는 그녀를 미친 듯이 사랑했다! 참으로 신기한 일 아닌가? 이 세상에서 한 사람만 눈에 보이고 머릿속에 한 가지 생각만 떠오르고 마음속에 하나의 욕망만 들끓고 입술에 하나의 이름만 아른거린다는 건. 어디서나 되뇌듯 속삭이게 되는 그 이름이여.

나는 우리의 이야기를 장황하게 늘어놓지 않겠다. 사랑은 매번 똑같은 하나의 이야기일 뿐이니. 나는 그녀를 만나 사랑하게 되었다. 그게 전부다. 나는 꼬박 1년 동안 그녀의 품과 애무와 눈빛과 드레스와 말에 둘러싸여 살았다. 그녀에게 완전히 구속된 탓에 내가 살았는지 죽었는지 내가 있는 곳이 이승인지 저승인지 모를 지경이었다.

그러던 어느 날 그녀가 세상을 떠났다. 어떻게? 모르겠다.

비가 내리던 어느 날 저녁에 그녀는 흠뻑 젖은 채 집으로 돌아왔고 이튿날부터 기침을 하기 시작했다. 그녀는 일주일 내내 기침을 하다가 결국 앓아누웠다.

그래서 어떻게 되었냐고? 잘 기억나지 않는다.

왕진을 온 의사들이 처방전을 써주고 갔다. 누군가 약을 가져왔고 어떤 여자가 그녀에게 약을 먹였다. 그녀의 손이 뜨거웠고 이마가 화끈거렸다. 맑은 두 눈은 슬픔에 잠겨 있었다. 내가 말을 걸자 그녀가 대답했다. 하지만 우리가 무슨 이야기를 나누었는지 전혀 기억나지 않는다. 나는 모든 걸 잊어버린 것이다! 그러다 그녀가 숨을 거두었다. 마지막으로 들은 그녀의 가녀린 숨소리가 선명히 떠오른다.

간병인이 〈아!〉 하고 말하는 순간 나는 알았다! 그녀가 세상을 떠났다는 것을! 그 이후의 일은 기억이 나지 않는다. 어떤 신부가 오더니, 그녀를 나의 〈정부〉라고 불렀다. 마치 그녀를 모욕하는 말처럼 느껴졌다. 그래서 나는 다른 신부를 불렀다. 그 신부는 친절했다. 그가 내게 그녀에 관한 이야기를 들려줄 때 나는 눈물을 흘렸다.

사람들이 장례에 대해 수없이 많은 질문을 했다. 잘 생각나지 않는다. 그렇지만 관과 관 뚜껑에 못을 박을 때의 망치 소리는 선명히 기억난다. 그녀가 땅에 묻힌 것이다! 바로 그 구덩이 속에! 몇몇 지인이 그 자리에 있었다. 나의 여자 친구

10

들이었다. 나는 그곳을 빠져나와 달음질쳤다. 하염없이 거리를 헤매다가 이튿날 먼 곳으로 떠났다.

그리고 바로 어제 파리로 돌아왔다.

내 방, 아니 우리의 방을 다시 보는 순간 나는 다시금 고통에 휩싸였다. 그리고 그 모든 물건에 둘러싸인 채 한때 그녀의 편안한 안식처가 되어 주었고, 보이지 않는 구석까지 그녀의 수많은 흔적이 남아 있을 그 사벽 안에 있는 게 도저히 견딜 수 없어서 모자를 집어 들고 밖으로 나갔다.

문을 향해 걸어가다가 나는 그녀가 현관에 갖다 놓은 거울 앞에서 발길을 멈추었다. 그녀는 외출하기에 앞서 거울을 보며 옷차림이 정갈하고 예쁜지 확인하곤 했다. 구두부터 머리 모양까지 말이다.

나는 바로 그 거울 앞에 멈춰 섰다. 그녀가 그 거울에 수없이 자신의 모습을 비춰 보았기 때문에 그 거울은 그녀의 모습을 간직하고 있을 게 틀림없었다.

나는 가만히 서서 그 매끈하고 평평하고 깊고 텅 빈 유리를 뚫어지게 바라보았다. 내가 열렬한 눈길로 그녀를 소유했던 것처럼 거울은 온전히 그녀를 소유했었다. 그 거울을 사랑할 수 있을 것만 같았다. 나는 거울을 손으로 만졌다. 차가

웠다!

아! 하지만 기억은 우리를 온갖 고뇌에 시달리게 만드는 끔찍하고 잔혹한 거울일 뿐이다. 자신의 앞을 스쳐 지나갔던 모든 것과 사랑의 눈길로 바라보았던 모든 것을 잊어버리는 거울과 같은 마음을 지닌 자들은 행복할지니. 이루 말할 수 없는 이 고통이여!

나는 결국 밖으로 나갔다. 내 의지와 상관없이 나도 모르는 사이에 묘지로 발길이 향했다.

나는 그녀의 간소한 무덤을 찾았다. 대리석 십자가에 짧은 비문이 적혀 있었다. 〈사랑하고 사랑받고 죽었노라.〉 그 아래에 그녀의 썩은 몸이 묻혀 있었다! 참으로 끔찍했다! 나는 땅바닥에 이마를 댄 채 흐느꼈다.

그렇게 한참이나 있었다. 날이 어두워지고 있음을 깨닫는 순간 절망에 빠진 연인의 마음속에나 생겨날 법한 괴상야릇한 욕구가 나를 사로잡았다. 그녀의 무덤 위에 눈물을 흘리며 마지막으로 그녀와 함께 밤을 보내고 싶었던 것이다. 하지만 누군가의 눈에 띄면 쫓겨날 게 틀림없었다. 어떻게 하면 될까? 한 가지 꾀가 생각났다. 나는 망자들의 도시에 있는 무덤들 사이를 걸어 다니기 시작했다. 죽은 자들의 도시는 산 자들의 도시보다 작았지만 그곳에 있는 사람의 숫자는 훨

14

씬 많았다. 우리에게는 집과 길과 광장이 필요했지만 그 모든 죽은 자에게는 아무것도 필요 없었다…….

망자들이 거주하는 묘지 끝에서 나는 버려진 묘지를 발견했다. 오래된 시신들이 흙과 뒤섞이고 십자가마저 삭아 가는 곳이었다. 들장미와 굵은 사이프러스 나무로 뒤덮인 그곳은 인간의 살을 거름으로 삼는 우울한 정원이었다.

나는 혼자였다. 칙칙한 색깔의 두꺼운 나뭇가지 사이에 몸을 숨겼다. 나는 널빤지를 붙들고 있는 조난자처럼 나무 몸통을 꼭 그러안은 채 기다렸다.

한 치 앞도 보이지 않는 밤이 되었을 때 나는 피신처에서 나와 망자들로 가득한 그 땅 위를 천천히 걷기 시작했다.

한참을 걸었지만 그녀의 무덤을 찾을 수 없었다. 눈을 크게 뜨고 양팔을 쭉 뻗은 채 손과 발은 물론이고 무릎과 가슴, 심지어 머리까지 무덤에 부딪혀 가며 돌아다녔지만 소용없었다.

나는 돌과 십자가, 쇠 난간, 유리 꽃, 시든 화환을 어루만지고 글자 위로 손가락을 더듬어 이름을 읽으려고 했다. 칠흑같이 어두운 밤이었다! 도저히 그녀를 찾을 수 없었다!

달도 보이지 않았다. 나는 두 줄로 늘어선 무덤 사이의 좁은 길에서 두려움을 느꼈다. 무덤! 무덤! 온통 무덤뿐이었다! 더 이상 걸을 힘이 없어 어느 무덤 위에 걸터앉았다. 쿵쾅거리며 심장이 뛰는 소리가 들렸다. 그런데 무언가 다른 소리가 들린 듯했다. 무엇일까? 정체를 알 수 없는 어렴풋한 소리였다. 내 머릿속에서 나는 소리인가? 아니면 불가사의한 땅 밑에서 나는 소리인가? 나는 주변을 둘러보았다.

그렇게 얼마나 있었는지 기억나지 않는다. 공포에 질려 꼼짝할 수 없었고 당장이라도 비명을 지르고 싶었다.

갑자기 내 궁둥이가 닿아 있던 대리석 판이 움직이는 게 느껴졌다. 나는 펄쩍 뛰어 옆에 있는 무덤으로 자리를 옮겼다. 착각이 아니었다. 내가 앉아 있던 돌이 위로 움직이며 망자가 모습을 드러냈다. 벌거벗은 해골이 어깨로 돌을 밀어 올리고 있었다. 한 치 앞도 분간할 수 없는 어두운 밤이었지만 그 모습이 또렷이 보였다. 십자가에는 다음과 같은 글이 적혀 있었다. 〈이곳에 누워 있는 자의 이름은 자크 올리방이다. 그는 향년 오십 세를 일기로 생을 마감하였다. 그는 가족을 사랑했으며 정직하고 선한 사람이었다.〉

망자도 자신의 무덤 위에 적힌 비문을 읽고 있었다. 잠시 뒤 그는 땅에서 뾰족한 돌을 집어 들고 글자를 하나하나 세심히 긁어내기 시작했다. 그는 천천히 비문을 깔끔히 지우고

움푹 꺼진 눈으로 조금 전까지 그것이 적혀 있던 자리를 바라보았다. 그러더니 한때 그의 검지였던 뼈끝으로 마치 성냥을 벽에 그었을 때의 선과 같은 반짝이는 글씨로 다음과 같이 적었다.

〈이곳에 누워 있는 자의 이름은 자크 올리방이다. 그는 향년 오십 세를 일기로 생을 마감하였다. 그는 재산을 상속받기 위해 냉혹한 아들로서 아버지의 명을 재촉했다. 그는 아내를 학대하고 자식들을 구박하고 이웃을 속이고 기회가 생길 때마다 남을 등쳐 먹었다. 그리고 비참하게 이 세상을 떠났다.〉

망자는 비문을 다 적은 뒤에 자신의 작업을 바라보았다.

몸을 돌리는 순간 모든 무덤이 열려 있는 게 보였다. 밖으로 나온 시체들이 자신들의 무덤 위에 쓰인 거짓말을 지우고 진실을 적고 있었다.

그리하여 나는 그들이 모두 악인, 위선자, 거짓말쟁이, 파렴치한이었고 시기심이 많았으며 도둑질을 했고 사기를 쳤고 끔찍한 짓을 저질렀다는 사실을 알게 되었다. 그 모든 선량한 아버지들, 정숙한 아내들, 신실한 아들들, 순결한 딸들, 정직한 상인들, 흠잡을 데 없는 남자와 여자들이 말이다.

17

그들은 지상에 사는 자들이 외면하려 애쓰는 잔인한 진실을 적었다.

내 여자도 자신의 무덤 위에 진실을 적었으리라는 생각이 들었다. 이제 나는 두려움 없이 시체와 해골들로 북적이는 열린 무덤들 사이를 달려 그녀를 향해 갔다. 그녀를 금방 찾을 수 있다는 확신과 함께 말이다. 나는 수의에 덮인 얼굴을 보지 않고도 멀리서 그녀를 알아볼 수 있었다.

방금 〈사랑했고 사랑받았고 죽었노라〉고 적혀 있던 대리석 십자가 위에 다음과 같은 글이 보였다.

〈그녀는 애인을 배신하기 위해 어느 날 외출을 했다가 비를 맞고 감기에 걸려 세상을 떠났다.〉

이튿날 새벽, 어느 무덤 위에 의식을 잃은 채 누워 있는 나를 사람들이 발견했던 것 같다.

유령과 접골사

조셉 셰리든 르 파뉴

지금은 고인이 된 내 친구 퍼셀 경의 유고를 살펴보던 중에 나는 다음과 같은 문서를 발견했다. 물론 거기에는 이와 비슷한 문서가 셀 수 없이 많았다. 사실 내 친구는 각 지역의 오래된 민담들을 열정적으로 수집했다. 환상적 전설들을 한데 모아 정리하는 일이 그의 취미였다.

　다음은 바로 그 문서의 내용이다.

　고인이 된 프랜시스 퍼셀 드럼쿨라크의 유고에서 발췌한 이야기.

　이것은 테리 닐이라는 사람이 겪은 일이다. 나는 그의 아들에게서 이 이야기를 들었다.

　〈친구들, 내가 기이한 이야기를 하나 들려주지. 나보다 이 이야기를 더 실감 나게 말할 수 있는 사람은 없으리라 자신하네. 우리 아버지께서 겪은 일인 데다가 그분께 직접 여러 번 듣기도 했으니까. 우리 아버지는 정직하고 성실한 분이었네. 술을 좀 좋아하는 게 흠이긴 했지만 말이야. 아무튼 묘혈을 파고 나무로 물건을 만드는 데 있어 우리 아버지를 따라올 자가 없었지. 그런 일에 타고난 재능이 있었던 걸세. 그래서 아버지는 접골사가 되었어. 탁자나 의자의 다리를 맞추는 일에서 타의 추종을 불허하는 경지에 이르자 어른과 아이, 젊은이와 늙은이를 가리지 않고 사람들의 뼈를 맞춰 주는 일을 시작한 거지.

우리 아버지 테리 닐은 그렇게 돈을 모아 고성 아래에 있는 대지주 펠림의 영지에 속한 땅뙈기를 샀어. 매일 팔이나 다리가 부러진 불쌍한 사람들이 뼈를 맞추려고 우리 아버지를 찾아왔지.

그렇게 순탄한 하루하루가 흘러갔어. 그런데 그곳에는 특이한 관습이 있었네. 지주가 영지를 비우면 소작인 중에 한 명이 그 유서 깊은 가문에 대한 감사의 의미로 하룻밤 동안 성을 지켜야 했어. 그렇지만 다들 그 일을 맡기 꺼렸지. 그 성에서 무언가 아주 이상한 일이 일어난다는 걸 알고 있었기 때문이지.

바로 지주의 돌아가신 할아버지가 한밤중에 혼자 성안을 돌아다니며 술을 마시고 병을 깨뜨렸던 거야.

물론 그 일 자체로만 놓고 보면 하나도 이상할 게 없네. 자네들이나 나나 언제든 그런 행동을 할 수 있으니까. 하지만 재밌는 건 노인이 자신의 초상화가 걸려 있는 액자에서 내려와 그런 짓을 저질렀다는 거야! 그러다 가족 중의 누군가가 응접실에 나타나면 아무 일 없었다는 듯 액자로 돌아갔지. 자신은 그 온갖 소란에 대해 아무것도 모른다는 것처럼 말일세. 참으로 짓궂은 노인네였지!

아무튼 한번은 지주의 가족이 2주 동안 더블린에 머물게 되었어. 그래서 평소처럼 매일 소작인 중의 한 명이 성에 가야 했지. 세 번째 밤에 우리 아버지 차례가 돌아왔네.

「젠장!」 아버지가 말했지. 「드디어 내 차례가 되었군. 그 늙은이의 유령이 온갖 행패를 부리며 집을 돌아다니는 사이에 거기서 밤을 새워야 하다니.」

비가 억수같이 쏟아지는 어둡고 음침한 밤이었어. 우리 아버지는 성수 한 병과 위스키 한 병을 든 채 성에 도착했네. 아버지는 몸에 성수를 뿌리고 위스키를 한 모금 마신 다음에 안으로 들어갔지. 집사 로런스 코너가 문을 열어 주었어. 그이는 우리 아버지를 보자 반가워했네. 두 분이 막역한 사이였기 때문이지. 집사는 아버지와 함께 당번을 서겠다고 자청했어.

로런스 씨가 말했지.「응접실에 불을 피우세.」

「홀에 피우는 건 어떻겠소?」우리 아버지가 물었어. 응접실에 초상화가 걸려 있다는 걸 알았기 때문이지.

「홀에는 불을 피울 수가 없네.」로런스 씨가 답했어.「벽난로에 까마귀 둥지가 있거든.」

「그럼 주방에 가서 있읍시다.」우리 아버지가 말했지.「나처럼 평범한 소작인이 응접실에 앉아 있는 건 경우에 맞지 않소.」

「그건 안 되네.」집사가 말했어.「오래된 전통을 지켜야 하니 당치 않은 소리 말게나!」

그래서 우리 아버지는 속으로 전통을 욕하며 마지못해 응접실로 들어갔어.

잠시 후 늙은 로런스는 담배 연기 때문인지 졸음이 와서 그랬는지 눈을 감고 있다가 잠이 들었네. 우리 아버지는 겁이 나서 그의 몸을 흔들어 깨우려 했지. 그렇지만 집사가 잠에서 깨면 틀림없이 자신을 유령이 있는 곳에 혼자 남겨 두고 침실로 갈 것이라는 데 생각이 미쳤어. 우리 아버지는 머릿속에 떠오르는 온갖 기도를 중얼거리며 앞뒤로 걸어 다니기 시작했고 순식간에 위스키 반병을 비웠지. 참, 이 이야기를 하는 걸 깜박했군. 우리 아버지는 자신도 모르게 초상화 쪽에 자꾸 눈길이 가는 걸 피할 수 없었어. 그리고 어디를 가나 노인의 눈이 자신을 따라다니고 있다는 걸 알아챘지. 때로는 아버지를 뚫어지게 노려보고 때로는 아버지에게 윙크를 건네면서 말이야.

「아!」 아버지는 생각했지. 「도저히 벗어날 방법이 없군. 하지만 이왕 죽을 목숨이라면 의연하게 최후를 맞이하겠어.」

그렇게 아버지는 마음을 편히 먹으려고 노력했어. 천둥과 함께 바람이 몰아치는 소리만 아니었다면 잠이 들었다는 생각이 들 정도였지.

폭풍우가 그치고 3분이 지났을 때 벽난로 쪽에서 무슨 소리가 들렸어. 실눈을 떴더니 승마복 재킷 차림의 노인이 액자 아래로 내려오는 게 보였지. 노인은 벽난로의 선반에 발을 딛고 바닥으로 뛰어내렸어. 그러더니 걸음을 멈추고 두 사람이 잠든 걸 확인한 다음에 손을 뻗어 위스키를 집어서 한 방울도 남기지 않고 술병을 비웠네.

이어서 유령은 방을 돌아다녔어. 유령이 앞을 지나가는 순간 아버지는 고약한 유황 냄새 때문에 재채기를 하기 시작했지.

「아니, 이게 누구야?」 늙은 지주의 유령이 말했네. 「자네, 테리 닐 아닌가?」

「안녕하십니까, 나리.」 아버지가 간신히 두려움을 억누르고 떨리는 목소리로 답했어. 「이렇게 뵙게 되어서 영광입니다.」

「테런스.」 지주가 말했어. 「자네는 훌륭한 사내지…….」

「감사합니다.」 우리 아버지가 살짝 용기를 내며 말했어. 「하느님께서 나리께 편안한 안식을 주시기를.」

「편안한 안식?」 노인은 얼굴이 붉으락푸르락 달아오르며 화를 냈지. 「하느님께서 편안한 안식을 주시기를?」 유령이 말했어. 「이 버릇없는 무식한 촌놈아, 잘 들어라. 대체 그따위 예절은 어디서 배웠느냐?」 노인이 호통을 쳤네. 「내가 죽은 건 내 잘못이 아니다. 그런데 마치 그게 내 탓인 것 마냥 너 같은 놈들이 주제넘게 입방아를 찧어 대다니!」

「아…….」 우리 아버지가 말했어. 「옳은 말씀입니다, 나리. 소인은 그저 천박하고 무식한 사내일 뿐입니다.」

「내가 하려던 말이 바로 그 말이네.」 유령이 맞장구를 쳤지. 「하지만 내가 자네의 쓸데없는 이야기나 듣자고 오늘 밤

27

액자에서 내려온 게 아니야. 나는 자네의 할아버지 패트릭 닐에게 훌륭한 주인이었네. 합리적이고 공정한 지주였지.」

우리 아버지는 그게 사실과 다르다는 걸 알면서도 어쩔 수 없이 고개를 끄덕였다네.

「하지만 내가 기대했던 것과 달리 지금 있는 곳에서 편치가 않네.」

「머피 신부님과 말씀을 나누고 싶으신 건지요?」

「닥치지 못할까, 이 무례한 놈!」 유령이 성을 냈어. 「나를 괴롭히는 건 영혼의 문제가 아니라 바로 이거라고.」 유령이 손으로 허벅지를 치며 덧붙였지. 「바니를 죽인 날에 부러진 오른쪽 다리 말이야.」

아버지가 나중에 알게 된 바에 따르면 바니는 노인이 타고 다니던 말로 그날 울타리를 넘다가 한쪽 다리가 부러진 것이었네.

「자네가 내 뼈를 맞춰 주게.」

「아, 나리!」 우리 아버지가 외쳤지. 영혼에 손을 대는 일은 한사코 피하고 싶었던 거야. 「어찌 소인이 감히 어르신의 용체를 만질 수 있겠습니까?」

「헛소리 집어치우게.」유령이 우리 아버지 쪽으로 다리를 들어 올리며 말했어. 「세게 잡아당겨. 내 말대로 하지 않으면 아주 뼈도 못 추리도록 결딴을 내줄 테니까.」

그 말을 듣고 우리 아버지는 노인의 다리를 계속 잡아당겼지.

「더 세게!」유령이 고함을 내질렀어.

우리 아버지는 온 힘을 다해 다리를 당겼어.

「마음을 다잡기 위해 한잔 마셔야겠군.」유령이 말했지.

하지만 유령은 실수를 저질렀어. 성수가 들어 있는 병을 집어 들었던 걸세. 유령은 병을 입술에 대자마자 비명과 함께 몸부림을 쳤고, 그 바람에 우리 아버지의 손에 잡힌 채로 유령의 다리가 몸에서 떨어졌지. 유령은 탁자 위로 자빠졌고 우리 아버지는 의식을 잃었어.

정신을 차리고 보니 우리 아버지는 아침 햇살이 덧창 사이로 스며드는 가운데 바닥에 등을 대고 누워 있었어. 천장을 향하고 있는 낡은 의자의 다리 한쪽이 손에 들려 있었고 늙은 래리는 여전히 코를 골며 자고 있었지.

　그날 아침에 우리 아버지는 머피 신부님을 찾아갔고 그 이후로 미사나 고해 성사에 꼬박꼬박 참석했지. 노인의 유령은 우리 아버지의 술이 마음에 들지 않았던 탓인지 아니면 한쪽 다리를 잃어버린 탓인지 더 이상 액자에서 내려오지 않았다네.〉

청색 방의 유령

제롬 K. 제롬

크리스마스이브였다. 유령 이야기의 배경은 항상 크리스마스이브다. 크리스마스이브에는 유령들의 성대한 파티가 열린다. 유령들은 다들 파티에 참석하려고 모습을 드러낸다. 파티가 열리기 1주 전부터 그들은 오싹한 비명을 연습하고 녹슨 쇠사슬을 점검하고 침대보와 수의를 수선해 바람에 말린다.

크리스마스이브는 분명 한 해 동안 가장 우울하고 습한 밤 중의 하나일 것이다. 집 안에 북적거리는 친척들 때문에 안 그래도 인내심의 한계에 이른 상황에서 죽은 뒤 땅에 묻힌 친족의 유령이 돌아다니는 걸 달가워하는 사람은 없을 것이다.

습한 여름날에 개구리나 달팽이가 기어 나오는 것처럼 크리스마스이브의 공기에는 귀신들을 끌어모으는 무언가 으스스한 분위기가 있는 게 틀림없다.

크리스마스이브에 대여섯 명의 영국 사람이 불 켜진 벽난로 주변에 모이면 으레 귀신 이야기를 시작하기 마련이다.

그해 크리스마스이브 때도 마찬가지였다. 이 이야기에 〈크리스마스이브〉라는 단어가 지나치게 자주 나온다는 건 나도 알고 있다.

우리는 벽난로 앞에 모여 있었다. 밖에서는 불안한 영혼처럼 세찬 바람이 불었다. 우리는 고기 파이, 바닷가재 구이, 치즈 케이크를 만끽하고 존 삼촌이 직접 양조한 맥주를 배 속에 들이부었다. 저녁 식사를 마친 뒤에 삼촌은 위스키 펀치를 한 병 만들었고 이어서 추가로 한 병을 더 만들었다. 나는 그것도 만끽했다. 그다음은 진 펀치의 차례였다. 나는 뭐든 만끽하는 데 열성을 기울이는 편이다.

나는 부목사, 스크러블스 박사, 쿰스 씨 그리고 테디 비플스 씨와 함께 자리에 남아 삼촌의 말동무가 되어 주었다. 스크러블스 박사는 동물의 흉내를 내며 재치 있는 노래를 불렀다. 하지만 어느 순간 닭이 당나귀 소리를 내는가 하면 돼지가 〈꼬끼오〉 하고 울었다. 이어서 우리는 돌아가며 각자 알고 있는 귀신 이야기를 했다.

삼촌의 차례가 되었다. 삼촌은 자신의 이야기가 틀림없는 사실이라고 강조했다. 바로 크리스마스이브에 우리가 있는 그 집의 청색 방을 돌아다니는 어떤 사내의 유령이 있다는 것이었다. 그 사내는 유랑 악단의 가수가 자기 집 창문 아래에서 〈시〉 음을 반음 낮게 부르자 석탄 한 덩어리를 그의 입으로 던져 질식해 죽게 했다.

「명사수였나 보군.」쿰스 씨가 중얼거렸다.

하지만 청색 방을 돌아다닌다는 유령의 범행은 그게 끝이 아니었다. 그 사내는 자기 집 창문 아래에서 두 시간 내내 똑같은 곡을 연주하던 코넷 연주자를 죽였다. 사실 그 연주자는 아는 곡이 달랑 두 곡밖에 없었다. 연주자가 사내의 집에 들어가는 모습이 목격되었지만, 그가 그 집에서 나오는 걸 본 사람은 아무도 없었다. 또 한번은 독일 출신의 악단이 가을까지 머물 생각으로 마을에 찾아왔다. 이튿날 사내는 악단을 저녁 식사에 초대했고 악단은 하루를 꼬박 침대 신세를 지다가 속이 거북한 채로 마을을 떠났다. 의사는 그런 몸 상태로 악단이 다시 공연하기는 힘들 거라고 진단했다. 그리고 하프를 연주하던 점잖은 신사와 젊은 오르간 연주자의 석연치 않은 죽음에도 그 사내가 관련된 게 분명했다……

「해마다 크리스마스이브에 그 사내의 유령이 청색 방에 나타난다네.」삼촌이 목소리를 낮추며 말을 이었다. 「그리고 고성을 내지르고 조롱하듯 웃으며 자신이 죽인 자들의 유령과 대판 싸움을 벌이지.」

삼촌은 크리스마스이브에 그 방에서 잠을 잘 수 있는 사람은 없다고 말했다.

　「쉿! 들어 보게!」 삼촌이 덧붙였다. 「지금, 이 순간 그 유령이 청색 방에 있는 것 같아.」

　나는 자리에서 일어나 내가 그날 밤 청색 방에서 자겠다고 말했다! 다들 나를 만류했다. 하지만 크리스마스이브에 손님은 항상 유령이 나오는 방에서 자는 것이다. 그 어떤 말로도 내 뜻을 꺾을 수 없었다.

　어째 처음부터 일이 꼬이는 것 같았다. 양초가 자꾸 촛대에서 굴러떨어졌다. 촛대에 다시 꽂아도 매번 바닥으로 떨어졌다. 그렇게 미끄러운 양초는 생전 처음이었다. 나는 옷을 벗고 침대에 누워 30분 동안 눈을 말똥말똥 뜨고 있었다. 방을 둘러보다가 한 곳에 시선이 닿았을 때 유령이 있는 게 보였다. 유령은 유령 담배를 피우며 흡족한 표정으로 나를 바라보고 있었다. 유령이 공손하게 고갯짓하며 인사를 건넸다.

　「제가 유랑 악단의 가수와 〈그 사건〉이 있었던 신사분의 유령에게 말을 거는 영광을 누리게 된 것 같군요.」 내가 말했다.

　유령은 미소를 지으며 그러한 사실을 기억해 줘서 참으로

37

고맙다고 말했다.

나는 유령이 참회의 말을 내뱉기를 기대했지만 그는 오히려 그 일에 대해 자부심을 느끼는 듯했다. 그래서 스코틀랜드 음악만 연주하던 이탈리아 출신의 오르간 연주자의 죽음에 그가 관여한 부분이 있느냐고 물어도 실례가 되지 않겠다는 생각이 들었다.

「내가 관여한 부분이 있냐고?」 유령이 흥분하며 말했다. 「나 혼자 그 젊은이를 죽였어! 누구의 도움 없이 말이야!」

나는 한 번도 그 사실을 의심한 적 없다는 말로 그를 진정시키고 이어서 트럼펫 연주자의 시신을 어떻게 했느냐고 물었다.

「어떤 트럼펫 연주자를 말하는 건가?」

「그럼 한 명이 아니란 말씀입니까?」 내가 물었다.

유령은 미소를 지었다. 그리고 잘난 척하는 것처럼 보이기는 싫지만 트럼펫 연주자라면 도합 일곱 명을 죽였다고 말했다.

그 이후로 우리는 한층 가까워졌고 유령은 내게 자신이 저지른 범죄를 모두 이야기해 주었다.

유령은 머핀 장수들을 꼬드겨 그들이 파는 물건을 입에 쑤셔 넣어 배가 터지게 만들었고, 늦은 밤에 길거리에서 따분한 시를 낭송하는 남자와 여자들을 열 명씩 모아 한꺼번에 죽였다고 이야기했다.

그의 이야기를 듣는 건 재미있었다.

나는 유랑 악단의 가수와 코넷 연주자 그리고 독일 악단의 유령들이 언제 오느냐고 물었다. 유령은 웃으며 그들이 다시 자기를 찾아오는 일은 없을 거라고 말했다. 지난 25년 동안 그들을 한 명도 남김없이 다 처단했다는 것이었다.

「그래도 선생님은 계속 여기에 오시는 거죠?」 내가 물었다. 「그렇지 않으면 여기 있는 모든 사람이 선생님을 그리워할 거예요.」

「글쎄, 잘 모르겠네. 하지만 나는 자네가 마음에 드는군.」 유령이 말을 이었다. 「자네가 내년 크리스마스이브에도 이 방에서 자겠다고 약속하면 나도 다시 오겠네. 자네는 다른 이들처럼 비명을 질러 대며 도망가지도 않고 머리카락이 곤두서지도 않아. 사람들의 머리카락이 곤두서는 걸 보는 게 얼마나 짜증 나는 일인지 모를 걸세.」

그 순간 아래쪽 마당에서 무슨 소리가 들렸다. 유령은 소스라치게 놀라며 얼굴이 사색이 되었다. 그는 잠시 귀를 기울이더니 안도의 한숨을 내쉬었다.「닭인 줄 알았네.」

　「하지만 지금은 한밤중인걸요.」내가 말했다.

　「아, 그래도 상관없네. 저 빌어먹을 닭들은 오밤중에도 꼬꼬댁하고 울어 대니까. 닭이 울면 우리 유령들은 사라져야 한다네.」

　「그럼 주변에 닭이 한 마리도 없으면 어떻게 하시나요?」

　유령은 대답하려다가 다시 소스라치게 놀랐다. 이번에는 닭이 우는 소리가 또렷이 들렸다.

　「내가 뭐라고 했나?」유령이 모자를 집어 들며 말했다. 나는 시계를 확인했다. 새벽 3시 30분이었다.

　「잠시 기다려 주시면 요 앞까지 배웅해 드릴게요.」

　「마음은 참 고맙네만 이 추운 날씨에 자네를 바깥에 나가도록 만드는 건 예의가 아닌 것 같아.」

　「걱정 마세요. 저는 걷는 걸 좋아하니까요.」나는 옷을 입고 우산을 집어 들었다.

유령이 내 팔을 붙들었고 우리는 함께 밖으로 나갔다. 정문 앞에서 우리는 마을 순경인 존스와 마주쳤다.

「좋은 밤이네, 존스!」 내가 다정한 목소리로 말했다(나는 크리스마스 때만 되면 사람들에게 친근하게 군다).

「안녕하십니까, 선생님.」 그가 약간 퉁명스러운 말투로 답했다.「실례지만 지금 뭐 하고 계시는 겁니까?」

「아, 별일 아니네.」 나는 우산을 흔들며 말했다.「여기 내 친구가 집에 가는 길을 배웅하는 중이야.」

「어떤 친구 말씀입니까?」

「아, 참, 그렇지.」 나는 웃으며 말했다.「자네는 내 친구를 볼 수 없겠군. 유랑 악단의 가수를 죽인 신사의 유령이라네. 저 길모퉁이까지만 바래다주려고.」

「제가 선생님이라면 친구분께 작별 인사를 건네고 당장 집으로 돌아가겠습니다.」 존스가 심각한 어조로 말했다.「혹시 선생님께서는 지금 본인이 잠옷 윗도리만 입은 채 장화를 신고 실크해트를 쓰고 있다는 걸 모르시는 건가요? 바지는 어

41

디다 두셨습니까?」

나는 그의 무례한 태도에 화가 났다.「존스! 자네를 상관에게 신고할 생각은 없지만 보나 마나 술을 한잔 걸친 게로군. 바지야 바지가 응당 있어야 할 자리에 있지 않은가. 내 다리에 있는 바지가 보이지 않는 건가!」

「그렇지만 지금은 바지가 그 자리에 없는 듯합니다.」

「바지를 입었다고 하지 않았나. 설마 내가 그걸 모르겠나?」

「저도 선생님께서 당연히 아시리라 생각합니다. 하지만 제가 보기에는 상황이 그렇지 않은 것 같군요. 이제 그만하십시오. 저랑 함께 가시지요.」

그 순간 존 삼촌이 문으로 다가왔다. 우리가 다투는 소리에 잠에서 깬 모양이었다. 나는 경찰이 곤경에 처하지 않도록 대수롭지 않은 일인 양 그의 실수를 해명했다.

나는 내 말이 사실이라는 걸 확인받기 위해 유령을 향해 몸을 돌렸다. 하지만 그는 사라지고 없었다!

한마디 말도 없이! 내게 인사도 없이!

그가 그런 식으로 떠난 게 너무 매정하게 느껴져서 나는 눈물을 쏟아 냈다. 존 삼촌은 나를 붙들어 집 안으로 데려갔다.

방으로 돌아온 뒤에 나는 존스의 말이 옳았다는 것을 깨달았다. 정말 바지를 입고 있지 않았다! 바지는 여전히 침대에 걸려 있었다. 아마도 유령을 기다리게 하는 게 싫어서 서두르다 바지를 입는 걸 깜박한 모양이었다.

아무튼 이상이 실제로 일어난 일의 전부이다. 아주 단순한 일이라 상식이 있는 사람의 눈에 거짓말로 보일 리도 없었고 나에 대한 중상이 생겨날 리도 만무했다. 하지만 현실은 그와 달랐다. 어떤 이들은 내가 이야기한 단순한 사실들을 이해하지 못했고 심지어 내 가족들마저 나를 향해 비난과 욕설을 내뱉었다.

하지만 나는 아무런 악감정도 없다. 그저 사람들이 나에 대한 의혹의 시선을 거둘 수 있도록 사실을 있는 그대로 밝히고 싶었을 뿐이다.

혼령의 산

구스타보 아돌포 베케르

만령절[1] 새벽이었다. 정확한 시간은 기억나지 않지만 나는 종소리에 잠에서 깨어났다. 그때 얼마 전에 들은 전설이 머릿속에 떠올랐다. 다시 잠을 청했지만 소용없었다! 한번 자극받은 상상력은 고삐 풀린 말처럼 날뛰는 법이다. 그래서 시간을 보내기 위해 나는 그 전설을 글로 옮기기로 했다. 다음이 바로 그 이야기다.

「개들을 줄에 묶고 사냥꾼들을 불러 모아 도시로 돌아가세. 곧 있으면 밤인데 오늘이 어디 평범한 날인가? 우리는 지금 만성절에 혼령의 산에 있는 걸세.」

「벌써 돌아가는 거야?」

---

1 위령의 날이자 기독교에서 성인들을 기리는 날. 만성절 다음 날인 11월 2일이다. 이하 모든 주는 옮긴이의 주이다.

「조금 있으면 템플 기사단[2] 예배당에서 삼종 기도[3]를 알리는 종이 울리고 망자들의 영혼이 산에 있는 종을 치기 시작할 거야.」

「그 폐허나 다름없는 예배당에서? 칫, 나를 겁주려는 거지?」

「아니야, 아름다운 사촌. 너는 이 고장에서 일어나는 일을 잘 모르잖아. 고삐를 당겨 말을 세우면 그 이야기를 들려줄게.」

보르헤스 백작과 알쿠디엘 백작은 말에 올라타 그들의 아들과 딸, 알론소와 베아트리스 뒤를 따라갔다.

「이 산은 저기 강기슭에 보이는 수도원의 주인인 템플 기사단의 땅이었어.」 알론소가 이야기를 시작했다. 「템플 기사단은 전사이자 수사였지. 소리아를 점령한 뒤에 카스티야의 왕은 템플 기사단을 소집해 도시를 수호하도록 명했어. 그리하여 템플 기사단의 기사들과 도시 귀족들 사이에 반목이 싹트게 되었지. 어느 날 도시 귀족들은 템플 기사단의 땅에서

---

2 성지 순례자들을 보호하기 위하여 프랑스의 기사 위그 드파양이 1118년에 결성한 종교 기사단.
3 천주 성자의 강생과 성모 마리아를 공경하는 뜻으로 날마다 아침, 낮, 저녁에 종을 세 번 칠 때마다 드리는 기도.

대규모 사냥을 벌이기로 했어. 그건 사냥이 아니라 끔찍한 전투였지. 산이 온통 시체로 뒤덮였고 늑대들은 피비린내 나는 잔치를 벌였어. 결국 왕이 중재에 나섰고 그 불미스러운 사건 뒤에 산은 주인 없는 땅이 되고 아군과 적군이 함께 묻힌 예배당은 폐허로 변했지. 이후로 만령절 새벽이 되면 예배당의 종이 울리는 소리가 들리고 망자들의 영혼이 갈기갈기 찢긴 수의 차림으로 환상 속의 사냥을 벌이듯 마구 달린다고 해. 사슴들이 놀라서 울고 늑대들이 크게 울부짖는가 하면 뱀들은 겁에 질려 쉭쉭거리는 소리를 내지. 그리고 이튿날 눈 위에 찍힌 해골들의 발자국이 선명히 보인다는 거야!」

알론소가 이야기를 마치는 순간 두 젊은이는 다리에 이르렀다. 곧이어 그들은 흥에 취한 일행과 합류해 도시로 돌아갔다.

백작들의 대저택에 있는 고딕 양식의 벽난로 불이 활활 타올랐고 귀족과 귀부인들은 즐겁게 담소를 나누었다. 베아트리스와 알론소 두 사람만 생각에 잠긴 채 대화에 끼지 못하고 있었다. 베아트리스는 변화무쌍하게 움직이는 불꽃을 바라보았고, 알론소는 사촌의 아름다운 푸른 눈동자 위에 비치는 난롯불의 그림자를 바라보았다.

보모들이 돌아가며 무서운 이야기를 했고 구슬픈 소리와 함께 종이 울려 퍼졌다.

49

「베아트리스.」알론소가 침묵을 깨고 말했다. 「조만간 우리가 헤어지면 앞으로 다시는 서로 볼 수 없을지도 몰라. 네가 카스티야의 거친 풍습을 좋아하지 않는다는 걸 알아. 너는 네 영지로 돌아가겠지.」 베아트리스는 비웃는 듯한 표정을 지었다.

「아무래도 너는 화려한 프랑스 궁정의 풍습에 익숙해졌을 테니까. 그렇지만 헤어지기 전에 내가 모자에 꽂고 다니던 브로치를 받아 줄 수 있겠니? 나를 기억하는 의미로……. 그러니까 일종의 정표로 말이야. 네가 검은 머리에 면사포를 쓰고 그 위에 이걸 꽂으면 정말 예쁠 거야!」

「이걸 받으면 무언가를 정약한다는 뜻이 되는걸?」 아름다운 베아트리스가 말했다. 「그리고 내가 사는 곳에서는 축일에만 정표를 받아.」

베아트리스의 싸늘한 말투에도 불구하고 젊은이는 잠시 뒤에 슬프게 덧붙였다. 「그렇지만 따지고 보면 오늘은 만성절이니까 축일이나 다름없잖아!」

베아트리스는 입술을 살짝 깨물더니 손을 뻗어 말없이 브로치를 건네받았다. 두 사람은 다시 도깨비와 귀신 이야기를 하는 노파들의 목소리와 삐걱거리는 유리창 소리 그리고 단조로운 종소리에 귀를 기울였다.

잠시 뒤에 두 사람의 대화가 이어졌다.

「베아트리스, 너도 나한테 정표를 주면 어떻겠니?」

베아트리스가 사악한 눈빛으로 외쳤다.

「안 될 거 없지!」 그러더니 그녀는 어깨 위에서 무언가를 찾는 듯하다가 순진한 미소를 지으며 말했다. 「내가 오늘 사냥에 차고 나갔던 푸른색 스카프 기억나? 네가 그 푸른색을 보고 너의 영혼을 상징하는 색이라고 했잖아.」

「물론 기억하지! 」

「어쩜 좋지. 그걸 잃어버렸어. 너한테 정표로 주려고 했는데…….」

「어디서 잃어버린 거니?」

「모르겠어……. 아마 산속에서 잃어버린 것 같아.」

「혼령의 산에서…….」 알론소가 중얼거렸다. 「너도 알 거야. 사람들이 나를 용감한 사냥꾼이자 전사로 여기고 있다는 걸. 너를 위한 일이라면 당장이라도 그곳에 가겠지만…… 오늘은 만성절 밤이잖아! 종소리가 들리니? 이제 곧 영혼들의

누런 해골이 잡풀로 뒤덮인 구덩이에서 일어날 거야…….」

베아트리스가 입술에 알쏭달쏭한 미소를 띠우며 차가운 목소리로 말했다.

「아, 그건 그렇겠지. 누가 미쳤다고 늑대들이 출몰하는 이런 밤에 귀신들이 가득한 산으로 가겠어?」

하지만 그녀의 비꼬는 듯한 말투에 알론소가 외쳤다.

「안녕, 베아트리스. 언젠가 또 만날 날이 있겠지…….」

잠시 뒤에 산을 향해 뛰어가는 말발굽 소리가 들렸다.

베아트리스는 득의만면한 얼굴로 침실에 들어갔다. 한 시간, 두 시간, 세 시간이 지나고 자정을 알리는 종소리가 울릴 때까지도 알론소는 돌아오지 않았다.

「보나 마나 겁에 질렸을 테지.」 베아트리스가 혼자 중얼거렸다. 그리고 기도서를 덮고 침대에 누워 커튼을 쳤다. 그녀는 몸을 뒤척이며 선잠을 자다가 느리게 이어지는 음울한 종소리에 잠에서 깼다. 종소리와 함께 그녀의 이름을 부르는 고통스러운 목소리가 희미하게 들리는 것 같았다.

「바람이 부는 거겠지.」그녀가 말했다. 갑자기 침실의 떡갈나무 문이 흔들리며 경첩에서 날카로운 쇳소리가 들렸다. 그녀는 쿵쾅거리는 심장 위에 한 손을 얹고 마음을 진정시켰다.

그녀의 침실로 이어지는 문들이 때로는 둔탁하고 때로는 날카로운 소음과 함께 자정의 정적을 깨며 하나씩 차례대로 열렸다. 멀리서 개들이 짖는 소리, 물이 졸졸 흐르는 소리, 분명치 않은 목소리들과 뜻을 알 수 없는 말들이 들렸다.

베아트리스는 공포에 몸이 굳은 채 벌벌 떨며 침대 커튼 밖으로 고개를 내밀었다. 사방으로 움직이는 그림자들이 보였다. 하지만 한 곳에 시선을 고정하면 그림자들이 감쪽같이 사라졌다.

그녀는 베개에 머리를 눕히며 말했다. 「칫! 내가 이렇게 겁쟁이였나? 갑옷을 입고도 귀신 이야기만 들으면 심장이 벌렁거리는 그 사람들이랑 다를 게 없잖아.」

그녀는 다시 잠을 청했지만 소용없었다.

베아트리스는 돌연 사색이 된 채 침대에서 몸을 일으켰다. 환각이 아니었다. 커튼의 고리가 움직였고 살금살금 양탄자 위를 걷는 발소리가 들렸다. 발소리는 규칙적인 간격으로 점점 가까이 다가오고 있었다. 벨벳 커튼 바로 뒤에서 뼈나 나

54

뭇조각 같은 게 부서지는 소리가 들렸다. 그리고 침대 옆에 있는 기도대가 움직이는 게 분명히 보였다. 그녀는 비명을 내지르며 이불을 머리에 뒤집어썼다. 그렇게 한 시간, 두 시간, 영원과 같은 밤이 지나갔다. 때로는 가까이서 또 때로는 멀리서 망자들의 혼을 기리는 종소리가 울려 퍼졌다.

어느덧 날이 밝아오고 하얀 햇살이 환하게 빛났다! 베아트리스는 이제 안정을 찾고 침대 커튼을 열었다. 밤새 공포에 시달렸던 자신을 비웃고픈 마음이었다. 그렇지만 순식간에 온몸이 식은땀으로 뒤덮였다. 기도대 위에 피범벅이 된 채 갈기갈기 찢긴 푸른 스카프가 걸려 있었다. 그녀가 산에서 잃어버린 푸른 스카프. 알론소가 찾으러 갔던 바로 그 푸른 스카프 말이다.

알쿠디엘 백작의 장남이 세상을 떠났으며 늑대들에게 뜯어 먹힌 그의 시신이 혼령의 산 위에서 발견되었다는 소식을 전하려고 베아트리스의 방에 들어간 수행원들은 눈이 충혈된 채 몸이 뻣뻣이 굳어 침대 기둥을 부여잡은 상태로 죽어 있는 그녀를 발견했다. 공포에 질려 숨을 거둔 것이었다.

그런 일이 있고 난 후에 길을 잃고 혼령의 산에서 밤을 보낸 어떤 사냥꾼이 자신이 본 끔찍한 광경을 사람들에게 들려주었다고 한다. 그중에는 예전의 템플 기사단과 귀족들의 해골이 끔찍한 굉음과 함께 일어나 말을 타고 어떤 아름다운 여인을 뒤쫓는 광경도 있었다. 창백한 낯빛의 그 여인은 피투성이가 된 발로 알론소의 무덤 주위를 돌며 비명을 질렀다고 한다.

별 속의 해골

로버트 E. 하워드

토커타운으로 가는 길은 두 개가 있다. 하나는 황폐한 황무지를 거쳐 가는 지름길이고 다른 하나는 늪지대를 따라 멀리 돌아가는 위험하고 지루한 길이다.

솔로몬 케인은 키가 크고 비쩍 마른 몸에 칙칙한 색깔의 옷을 걸치고 있는 창백한 안색의 사내였다. 그는 자신이 방금 떠난 마을에 사는 아이가 헐레벌떡 뛰어와 늪지대 쪽으로 가라고 애원하자 깜짝 놀랐다.

「늪지대 쪽 길로 가라고?」

「네, 아저씨. 그쪽이 훨씬 안전해요.」아이가 답했다. 「그렇지만 우선 마을로 돌아가 내일 아침에 다시 떠나시는 게 좋을 거예요.」

케인은 고개를 가로저었다. 「땅거미가 지면 달이 뜰 거야.

황무지 쪽 길로 가면 몇 시간 안에 토커타운에 도착할 거다.」

「그러지 않으시는 게 좋을 거예요, 아저씨. 황무지 쪽에는 인가가 없거든요. 그렇지만 늪지대에는 에즈라 노인의 집이 있어요. 노인은 그분의 미치광이 사촌 기디언이 늪지를 헤매다 흔적도 없이 죽은 뒤로 그 집에 혼자 살고 있지요. 워낙 깍쟁이 같은 분이지만 아저씨가 하룻밤 재워 달라고 청하면 거절하지 않을 거예요.」

케인은 아이를 날카롭게 노려보았다.

「황무지 쪽 길이 그렇게 위험하다면 왜 마을 사람들은 내게 사실을 제대로 이야기해 주지 않은 거냐?」

「주민들은 그 이야기를 하는 걸 꺼려요. 저희는 아저씨가 늪이 있는 길로 가기를 바랐죠. 그러다 갈림길에서 아저씨가 잘못된 길로 들어서는 게 보여서…….」

「황무지 길이건 늪지대 길이건 대체 뭐가 그리 위험하다고 나더러 굳이 진창으로 가득한 먼 길을 돌아가라는 것이냐?」 케인이 짜증스런 목소리로 물었다.

「아저씨.」 아이가 목소리를 낮추며 말했다. 「황무지 길은 저주에 걸려 있어요. 밤에 그곳을 돌아다니는 건 죽음을 불

60

사하는 행동이죠. 그 길로 갔다가 살아 돌아온 사람이 없거든요. 밤길을 떠난 나그네들이 소름 끼치는 웃음과 끔찍한 비명을 들었다고 해요.」

잿빛 얼음 아래서 불타는 햇불처럼 케인의 눈동자에 빛이 번득였다. 모험! 형언할 수 없는 전율!

「어둠의 군주들이 이 땅에 저주를 내렸으니 사탄과 맞서 싸울 대장부가 필요할 터. 아무래도 이 몸이 나서야겠군. 이미 여러 번 사탄과 대적한 적이 있으니까.」

「아저씨……」 아이가 무언가 말을 하려다 그만두었다. 「희생자들의 시신이 상처를 입은 채 갈기갈기 찢겨 있었대요.」

아이는 갈림길 앞에 선 채 앙상한 형체가 황무지 길로 접어드는 것을 지켜보며 한숨을 내쉬었다.

커다란 핏빛 태양이 지평선 너머로 사라졌다. 솔로몬 케인은 짙어지는 어둠을 뚫고 용맹하게 걸음을 옮겼다.

케인은 언제든지 칼과 총을 꺼낼 수 있도록 대비한 채 경계를 늦추지 않고 잰걸음을 옮겼다. 별이 뜨고 바람이 불어오고 하늘에 유령처럼 구름이 떠다녔다.

케인은 갑자기 걸음을 멈추었다. 어딘가에서 야릇한 메아리가 들려왔다.

또 한 번 아까보다 더 크게 소리가 들렸다. 케인은 다시 걷기 시작했다. 환청을 들은 걸까? 그럴 리 없었다!

흔들리는 그림자들 때문에 달빛에 빛나는 황무지의 윤곽이 제대로 보이지 않았다. 멀리서 웅얼대는 듯한 소름 끼치는 웃음이 메아리처럼 울렸다. 곧이어 사람의 비명이 들렸다.

케인은 걸음을 재우쳤다.

다급함이 느껴지는 사람의 발소리가 들렸다. 케인은 달음질치기 시작했다.

어떤 사람이 황무지에서 정체를 알 수 없는 무언가에 쫓기고 있었다. 발소리가 멈추더니 다른 괴이한 소리들과 함께 한층 격렬한 비명이 들렸다. 도망치던 사람이 결국 붙잡힌 게 틀림없었다.

잠시 뒤에 다시 발소리가 들렸다. 하지만 이번에는 절뚝거리듯이 불안정하게 걷는 소리였다. 바로 지척에서 무시무시한 일이 벌어지는 중이었다.

낯모르는 자가 단말마의 비명을 내질렀다. 잠시 뒤에 한때 인간이었던 무언가가 피투성이가 된 채 휘청거리며 다가와 케인의 발밑에 쓰러지더니 온몸을 뒤틀며 얼굴을 달로 향하고 무언가를 중얼거린 다음에 숨을 거두었다.

케인은 시체를 살펴보았다. 길을 지나던 나그네인 듯했다. 문득 얼음장 같은 손이 등을 스치는 게 느껴졌다. 몸을 돌려 괴물을 찾았지만 아무것도 보이지 않았다. 하지만 지상의 것이 아닌 소름 끼치는 두 눈이 그를 지켜보고 있음을 느꼈다. 그는 총을 꺼내 들었다. 창백한 호수처럼 넓게 퍼지는 달빛에 그림자들이 녹아드는 순간 케인은 보았다!

처음에 그는 그것이 안개의 그림자라고 생각했다. 광기에 휩싸인 무시무시한 두 눈이 이글거리고 있었다.

케인은 맥박이 빨라지는 걸 느꼈지만 냉정함을 유지했다. 어떻게 그런 형체도 없는 악마가 물리적 상해를 입힐 수 있었을까? 한 가지는 확실했다. 그가 황무지에서 놈에게 쫓기는 일은 없을 것이다. 날카로운 웃음소리가 들리자 케인은 총을 겨누고 발사했다. 놈은 날아다니는 연기의 수의처럼 그를 공격했고 기다란 팔로 그를 땅 위에 넘어뜨렸다. 케인은 놈을 칼로 찔렀지만 칼날이 빈 곳을 휑하니 스치고 지나갔다. 그사이에 놈의 짐승 같은 발톱이 그의 옷과 피부를 찢어발겼다.

그는 무용지물이나 다름없는 칼을 버렸다. 마치 안개와 싸움을 벌이는 것 같았다. 실체가 있는 것은 발톱과 광기에 휩싸인 눈이 전부였다.

옷이 갈기갈기 찢기고 온몸이 상처로 뒤덮였지만 케인은 계속해서 싸웠다. 모든 면에서 악마가 그보다 유리했다. 하지만 그에게는 악마가 갖지 못한 용기가 있었다.

케인은 팔과 다리와 손으로 놈에게 맞섰고 어느 순간 유령의 힘이 빠지는 것을 느꼈다. 용기야말로 인간의 유일한 무기다. 그는 비틀거리며 마침내 놈을 붙잡아 땅에다 내리꽂고 황무지 위를 뒹굴었다. 케인은 머리카락이 곤두서는 것을 느꼈다. 이제 속삭이는 듯한 놈의 넋두리가 무슨 뜻인지 이해할 수 있었던 것이다. 그리고 그는 마침내 〈알았다〉.

에즈라 노인의 오두막은 늪지 한가운데에 있었다. 벽은 금방이라도 무너질 것 같았고 흐릿한 녹색의 대형 버섯들이 집 안을 훔쳐보려는 듯 창문 주위에 다닥다닥 붙어 있었다. 가지가 서로 얽힌 채 굽어 있는 나무들 아래에 자리한 오두막은 마치 무시무시한 난쟁이처럼 보였다.

낮에는 많은 이가 늪지대 쪽 길을 지나갔지만 에즈라 노인을 본 사람은 드물었다. 버섯으로 뒤덮인 창문 틈으로 흉한 버섯과 닮은 노인의 누런 얼굴이 언뜻 스쳐 갈 뿐이었다.

늪지의 어둠에 익숙해진 에즈라 노인의 죽은 사람 같은 눈이 자신의 오두막 앞에 도착한 비쩍 바른 장신의 사내를 보며 어슴푸레 빛났다.

「사촌 기디언은 어디 있소? 이 집에서 같이 살던 미치광이 말이오.」 케인이 노인에게 물었다.

「어느 날 깊숙한 늪지로 들어가더니 돌아오지 않았소. 보나 마나 길을 잃었을 테지. 아니면 늑대들에게 잡아먹혔거나 수렁에 빠져 죽었거나 독사한테 물렸을 거요.」

「그렇군, 에즈라. 그런데 그가 실종된 뒤에 황무지를 지나던 주민이 정체 모를 유령에 의해 몸이 산산조각 찢겼소. 그 첫 번째 희생자 이후로 많은 이가 목숨을 잃었지. 어젯밤에 나는 황무지를 지나다가 또 다른 희생자가 추적을 피해 도망가는 소리를 들었소. 에즈라, 그 불쌍한 사람은 바로 내 발밑에서 숨을 거두었네. 참으로 참혹한 광경이었소.」

케인과 동행한 마을 사람들이 술렁였고, 에즈라는 슬며시 시선을 피했다. 케인은 표정에 변화가 없었다.

「그래, 그래.」 에즈라가 꿍얼거렸다. 「끔찍한 일이군. 그런데 왜 나를 찾아와 그런 이야기를 하는 거요?」

「그래, 슬픈 일이지. 하지만 악마가 어둠으로부터 모습을 드러냈을 때 나는 놈과 맞서 싸워 승리를 거두었소. 놈은 도망치기 전에 내게 속삭이는 목소리로 끔찍한 진실을 알려 주었지. 나는 마을로 돌아가 주민들에게 내가 들은 이야기를 전해 주었네. 내 힘으로 황무지에서 유령을 쫓아낼 수 있다는 걸 깨달았기 때문이지. 따라오게, 에즈라!」

「어디로 말이오?」 노인이 씨근거렸다.

「황무지에 있는 다 썩어 가는 떡갈나무로 가세.」

에즈라는 도망치려 했지만 마을 주민 둘이 그를 붙잡아 습지대의 진창을 가로질러 썩어서 뼈대만 남은 교수대처럼 생긴 커다란 떡갈나무로 끌고 갔다.

「지금으로부터 약 1년 전의 일이네.」 케인이 말했다. 「당신은 사촌 기디언이 그동안 당신에게 당한 잔혹한 짓을 폭로할까 봐 두려워 그를 이곳으로 데려와 살해했지.」

「그걸 어떻게 증명할 건가!」

그러자 마을 주민 하나가 떡갈나무에 기어 올라가 무언가를 꺼냈다. 자신의 발밑에 떨어진 물건을 보고 깍쟁이 노인은 비명을 지르며 쓰러졌다. 그것은 두개골이 갈라진 해골이었다.

「어떻게 알았나?」

「지난밤에 내가 맞서 싸웠던 그것이 진실을 말해 주었지. 그 무시무시한 것의 정체는 바로 기디언의 유령이었네! 그는 복수하기 위해 당신을 찾아다녔소. 하지만 그의 혼란스런 유령은 이곳을 지나가는 사람이 보이면 무작정 달려들었지. 하지만 이제 그가 당신을 알아볼 것이고 그의 영혼은 마침내 안식을 찾게 될 거요.」

「줄을 느슨하게 풀어놓게. 어두워지면 달아날 수 있도록.」

케인과 다른 이들이 마을로 가기 위해 돌아서자 에즈라는 잡아먹을 듯한 눈으로 태양을 노려보았다.

일행은 황무지를 따라 걸음을 옮겼다. 케인이 마지막으로 고개를 돌리는 순간 에즈라가 비명을 내질렀다.

「죽음이다! 별 속에 해골이 있다!」

붉은 달이 떴다. 한순간 둥근 달빛 아래로 기괴한 형체가 땅을 스치듯이 날아갔고, 그 뒤로 형태가 불분명한 끔찍한 그림자 같은 게 보였다.

곧 둘은 서로 구별되지 않는 한 덩어리로 뭉쳐 암흑 속으로 사라졌다.

멀리서 하나로 합쳐진 날카롭고 무시무시한 웃음소리가 울렸다.

캔터빌의 유령

오스카 와일드

미국 공사(公使)인 하이럼 B. 오티스 씨가 캔터빌 저택을 매입하자 다들 그가 아주 어리석은 일을 저질렀다고 말했다. 그 집에 유령이 나온다는 게 틀림없는 사실이었기 때문이다. 캔터빌 경은 본인이 직접 오티스 씨에게 그 사실을 알려 주는 게 도리라고 생각했다.

「우리도 어느 순간부터 그 집에서 살지 않게 되었습니다. 가족의 여러 구성원이 유령을 목격했거든요.」

「캔터빌 경.」 오티스 공사가 말했다. 「가구는 물론이고 유령까지 다 그대로 인수하겠습니다. 저는 현대적인 나라에서 왔습니다. 만약 유럽에 정말로 유령 같은 게 있다면 제 동포들이 고국으로 가져가 머지않아 박물관이나 길거리에 구경거리로 전시해 놓을 거라고 장담합니다.」

「유감스러운 말씀이지만 유령은 실제로 존재합니다.」 캔터빌 경이 말했다. 「정확히 1584년부터 유령의 존재가 알려져 왔습니다. 그리고 가족 중 누군가의 죽음이 임박할 때 항상 모습을 드러내죠.」

「이 세상에 유령 같은 건 없습니다. 영국 귀족이라고 자연의 법칙에서 예외일 리는 없겠죠.」

그로부터 몇 주 뒤에 매매가 마무리되었고 오티스 씨는 가족과 함께 캔터빌 저택으로 이사했다. 오티스 부인은 아름다운 중년 여인이었다. 장남 워싱턴(오티스 부부는 아들의 이름을 지을 때 애국심에 불타오른 상태였다)은 뉴포트 카지노에서 세 시즌 동안 무도회를 이끌어 외교관직에 입문할 자격을 갖춘 금발 청년이었다. 버지니아는 푸른 눈에 자립심이 뚝뚝 묻어나는 열다섯 살의 소녀였다. 그녀는 훌륭한 아마존[4]으로, 나이 든 빌턴 경과 조랑말을 타고 공원을 두 바퀴 도는 경주를 해서 이긴 적도 있었다. 막내인 쌍둥이 형제는 워낙 사랑의 매를 자주 맞아서 〈성조기〉[5]라는 별명으로 불렸다.

애스콧 역에 도착하기 전에 오티스 씨는 미리 전보로 마차를 불러 놓은 터였다. 그의 가족은 7월의 아름다운 저녁을 만끽하며 기분 좋게 역에서 출발했다. 향긋한 소나무 냄새가 진동했다. 산비둘기가 구구거리는 소리가 들렸고, 양치류 사

---

4 그리스 신화에 나오는 여자 무인족(武人族).
5 매를 맞으면 별이 보이고 줄이 남는 것을 의미한다.

이에서 꿩이 삐죽 고개를 내밀었다. 작은 다람쥐들이 나뭇가지 위에 앉아 그들이 지나가는 모습을 지켜보았다. 토끼들은 이끼에 뒤덮인 동산 위로 달아났다.

하지만 오티스 가족이 캔터빌 저택의 입구인 가로수 길에 들어서자마자 하늘이 구름으로 뒤덮이면서 사위가 기이한 적막에 휩싸이고 까마귀 떼가 그들의 머리 위로 지나갔다.

캔터빌 저택의 계단 위에서 어떤 노부인이 그들을 기다리고 있었다. 가정부인 엄니 부인이었다. 그녀는 오티스 가족을 반갑게 맞이하고 미리 차를 준비해 놓은 서재로 데려갔다.

갑자기 바닥에 있는 흐릿한 붉은 얼룩이 오티스 부인의 눈에 띄었다. 그녀는 엄니 부인에게 말했다. 「저기에 무언가를 흘린 모양이군요.」

「네, 마님.」 가정부가 답했다. 「피가 흘렀었지요.」

「어머, 끔찍해라! 저 얼룩을 지우도록 하세요. 거실에 핏자국이 있는 건 질색이에요.」

엄니 부인이 알쏭달쏭한 미소를 지었다. 「저것은 엘리너드 캔터빌 부인의 피입니다. 1575년에 남편인 사이먼 경에게 살해당하셨죠. 그 일이 있고 나서 9년 후에 사이먼 경은 수수

75

께끼처럼 자취를 감추셨어요. 하지만 그분의 영혼은 이 집을 떠나지 않고 있습니다. 저 얼룩은 관광객에게 엄청난 흥미의 대상이고 아무리 지우려 해도 지울 수가 없답니다.」

「말도 안 되는 소리!」 워싱턴 오티스가 외쳤다. 「핑커턴의 초강력 얼룩 제거제면 금방 지워질 거예요.」 그러더니 청년은 가정부가 말릴 틈도 없이 얼룩을 문질렀고 핏자국은 흔적도 없이 사라졌다.

「핑커턴이 해낼 줄 알았어!」

하지만 그가 말을 끝내기가 무섭게 무시무시한 번개가 어두운 방을 환히 밝혔다. 요란한 천둥소리에 다들 놀라서 벌떡 일어섰고 엄니 부인은 그 자리에서 까무러쳤다.

「참 도깨비 같은 날씨로군.」 미국 공사가 궐련에 불을 붙이며 차분한 목소리로 말했다. 「이 나라는 인구가 너무 많아서 모든 사람이 좋은 날씨를 누릴 수 없는 모양이야.」

「여보, 하이럼.」 오티스 부인이 말했다. 「이렇게 사소한 일에도 기절하는 가정부를 어떻게 해야 할까요?」

「물건을 파손했을 때처럼 변상하라고 하시오. 그러면 앞으로 다시는 까무러치는 일이 없을 거요.」

엄니 부인은 의식을 회복하더니 그 집에서 무서운 것들을 보았다고 이야기했다. 그러나 오티스 부부는 자기들은 유령을 무서워하지 않는다고 힘주어 말했다. 가정부는 자기 방으로 물러갔다.

밤새 폭풍우가 몰아쳤지만 특별한 일은 일어나지 않았다. 하지만 이튿날 아침에 식사를 하러 내려왔을 때 오티스 가족은 바닥에서 끔찍한 얼룩을 또다시 발견했다. 강력한 얼룩 제거제로 지우는데도 핏자국은 매번 다시 나타났다. 그러자 이제 온 가족이 그 문제에 상당한 흥미를 느끼게 되었다. 오티스 씨는 유령의 존재를 부정한 게 자신의 지나친 편견이 아니었을까 하는 의심이 들었다.

시원한 저녁 공기를 마시며 마차를 타고 주변을 둘러본 뒤에 오티스 가족은 저녁을 먹고 11시에 각자의 침실로 들어갔다. 얼마 후 오티스 씨는 복도에서 들리는 이상한 소리에 잠에서 깼다. 쇠붙이가 철커덕거리는 소리가 점점 가까이 다가오는 듯했다. 그는 침대에서 일어나 시간을 확인했다. 1시 정각이었다. 더없이 차분하게 맥박을 짚어 봤지만 정상이었다. 그는 슬리퍼를 신은 다음에 화장품 상자에서 작은 약병 하나를 집어 들고 문을 열었다.

바로 눈앞에 흉측한 몰골의 노인이 보였다. 노인의 눈은 빨갛게 타올랐고 긴 잿빛 머리는 산발이 되어 있었다. 옷은

낡아서 헤지고 지저분했다. 손목과 발목에는 녹슨 수갑과 족쇄가 채워져 있었다.

「어르신.」 오티스 씨가 말했다. 「그 쇠사슬에 기름칠 좀 하셔야겠습니다. 어르신께서 쓰시라고 여기 작은 병에 담긴 태머니 라이징 선 윤활유를 가져왔습니다. 탁자 위에 두고 갈 테니 가져가세요.」 그러고 그는 침실로 돌아갔다.

캔터빌의 유령은 잠시 분노에 휩싸여 꼼짝 않고 서 있다가 병을 바닥에 내던졌다. 그리고 몸에서 녹색 빛을 뿜어내며 계단 꼭대기에 이르렀을 때 어디선가 문이 열리고 하얀 옷을 입은 자그마한 형체 둘이 나타나더니 커다란 베개가 그의 머리를 휙 스쳐 지나갔다. 머뭇거릴 틈이 없었다. 그는 재빨리 징두리판벽을 통과해 사라졌다.

유령은 자신만의 비밀 방으로 돌아가 달빛에 몸을 기댄 채 숨을 돌렸다. 유령으로 지낸 오랜 세월 동안 그런 굴욕을 겪기는 처음이었다. 그는 자신의 화려한 업적들을 하나하나 머릿속에 떠올렸다. 자기 옷 방에서 다이아몬드 잭 카드가 목에 걸려 질식할 뻔했고 죽기 직전에 그 카드를 이용해 속임수를 쓴 적이 있다고 고백한 그의 사악한 증손자. 창유리를 두드리는 녹색 손을 보고 총으로 자살한 집사. 피부에 낙인처럼 새겨진 손가락 자국을 감추려고 어쩔 수 없이 검은 벨벳 띠를 목에 두르고 살다가 잉어 연못에 투신한 아름다운 스텃필드 부인. 그는 〈붉은 로이벤, 목 졸린 아기〉로 출연했던 일과 〈말라깽이 기비온, 벡슬리 무어의 흡혈귀〉로 데뷔했던 일 그리고 어느 여름날 저녁에 테니스장에서 자신의 뼈로 나인핀스[6] 놀이를 하며 사람들을 혼비백산하게 만들었던 일을 회상하며 쓸쓸한 미소를 지었다. 그런데 이제 난데없이 미국인들이 나타나 윤활유를 쓰라며 주고 머리에 베개를 던졌던 것이다. 도저히 두고 볼 수 없었다!

이튿날 오티스 가족은 오랫동안 유령에 관한 이야기를 나누었다. 「나는 유령에게 해를 가할 의도는 없어. 그래도 오랜 세월 동안 이 집에 살고 있는 자야.」 오티스 씨가 말했다. 「하지만 유령이 끝내 윤활유를 사용하지 않는다면 그에게서 쇠사슬을 벗겨야 할 거야. 시끄러운 소리 때문에 앞으로 잠을 잘 수 없을 테니까.」

일주일 동안 별다른 일은 일어나지 않았다. 다만 어떤 날 아침에는 핏자국의 색깔이 탁한 붉은색이었다가 다음 날 아침에는 주홍색으로 변하고 그다음 아침에는 자주색이 되었다. 심지어 하루는 핏자국이 에메랄드 녹색이었던 날도 있었다.

일요일에 유령은 다시 모습을 드러냈다. 오티스 가족이 잠자리에 들자마자 요란한 꽝음이 들렸다. 아래층으로 내려가

6 아홉 개의 핀을 세워 놓고 공을 굴려 쓰러뜨리는 실내 경기.

보니 갑옷이 바닥에 떨어져 있고 캔터빌의 유령이 등받이가 높은 의자에 앉아 고통스러운 얼굴로 무릎을 문지르고 있었다. 쌍둥이는 장난감 총으로 콩알을 쏴서 유령을 맞추었고 오티스 씨는 권총을 겨누며 〈손들어!〉하고 외쳤다. 유령은 자리에서 벌떡 일어나 안개처럼 그들 사이를 뚫고 지나가 계단 위에서 유명한 악마의 웃음을 터뜨렸다. 그때 오티스 부인이 나타났다. 「아무래도 상태가 안 좋으신 거 같아서 닥터 도벨의 팅크제를 가져왔어요.」 유령은 매서운 눈빛으로 그녀를 노려보다가 쌍둥이가 그의 근처에 오기 전에 사라졌다.

유령은 갑옷의 무게를 이기지 못해 바닥에 심하게 넘어져 무릎이 까진 것이었다. 그는 며칠 동안 끙끙 앓으며 핏자국을 복구할 때가 아니면 아예 밖으로 나가지 않았다.

유령은 8월 17일 금요일에 다시 오티스 가족 앞에 나서기로 마음을 먹고 깃털 모자와 수의와 녹슨 단검을 준비했다. 자정을 알리는 종소리와 함께 그는 밖으로 나갔다. 시계가 12시 15분을 알렸다. 그는 사악한 미소를 지으며 모퉁이를 돌았다. 하지만 한걸음도 못 가 뒤로 자빠졌다. 광인의 꿈에나 나올 법한 무시무시한 유령이 눈앞에 있었다. 둥글고 하얀 얼굴에 머리카락이 하나도 없었고, 두 눈은 주홍빛을 발했으며 입술은 불타는 우물 같았다. 흉측한 수의가 몸을 감싸고 있었다. 가슴에는 팻말이 달려 있었다. 캔터빌의 유령은 한 번도 유령을 본 적이 없었기에 당연히 소스라치게 놀랐다. 그는 수의에 여러 번 발이 걸려 넘어지며 부리나케 자기 방으로 도망갔다. 하지만 잠시 후 유서 깊은 캔터빌 가문의 용기가 되살아났다. 그는 동살이 밝아올 무렵 유령과 마주쳤던 장소로 돌아갔다. 그러나 끔찍한 광경이 그를 맞이했다. 유령에게 무슨 일이 생긴 게 틀림없었다. 그는 유령을 양팔로 붙들었다. 그러자 놀랍게도 유령의 머리가 바닥으로 굴러 떨어지고 몸통이 푹 내려앉았다. 그는 자신이 침대 커튼을 쥐고 있으며 그의 발밑에 있는 물건들이 빗자루와 식칼, 속이 빈 순무라는 것을 깨달았다. 그는 팻말을 집어서 읽었다.

오티스가(家)의 유령에게
진짜 유령은 너 하나다.
너의 모조품을 유의하라.
다른 모든 것은 가짜다.

모든 게 분명해졌다. 그는 완전히 속았던 것이다!

유령은 신경이 극도로 쇠약해져서 자그마한 소리에도 화들짝 놀랐다. 오티스 가족이 핏자국을 원치 않는다 한들 무슨 상관이랴. 그들은 분명 그것을 누릴 자격이 없는 것이었다. 일주일에 최소한 한 번은 모습을 드러내는 게 그의 유일한 의무였다. 그래서 그는 그 이후 3주 동안 토요일마다 모습을 드러냈다. 그는 오티스 가족이 자신을 보거나 듣지 못하도록 특히 조심하며 복도를 돌아다녔다. 장화를 벗었을 뿐만 아니라 라이징 선 윤활유로 쇠사슬에 기름칠까지 했다.

그는 복도에 쳐져 있는 줄에 걸려 넘어졌고, 한번은 〈검은 아이작〉 복장을 하고 나갔다가 쌍둥이들이 계단에 버터를 발라 만든 미끄럼판 위로 심하게 넘어졌다. 유령은 분노에 휩싸여 〈머리 없는 백작 루퍼트〉로 변장하고 다시 모습을 드러내기로 작정했다. 그는 쌍둥이의 방에 도착해 문이 살짝 열려 있는 것을 확인하고 극적 효과를 더하기 위해 문을 확 열어젖혔다. 그 순간 물이 가득 들어 있는 묵직한 단지가 떨어지며 그는 뼛속까지 흠뻑 물에 젖었다. 침대에서 킥킥거리는 웃음소리가 들려왔다. 이튿날 그는 감기에 걸려 드러누웠다.

그 이후로 유령은 헝겊 슬리퍼를 신고 목에 머플러를 두른 채 잠깐씩 돌아다니는 것에 만족했다. 그리고 다시는 오티스 가족의 눈에 띄지 않았다.

다들 유령이 영영 사라졌다고 생각했다. 오티스 부인은 야외 파티를 열었고 버지니아는 나이 어린 체셔 공작과 함께 말을 타고 돌아다녔다. 며칠 뒤에 버지니아는 곱슬머리 신사와 함께 말을 타러 나갔다가 산울타리를 넘는 중에 승마복이 찢어지는 바람에 옷을 갈아입으러 집으로 돌아왔다. 그녀는 태피스트리 방을 지나가다가 안에 누군가 있는 걸 보았다. 하녀라고 생각해 수선을 부탁하기 위해 방으로 들어갔다. 하지만 정말 놀랍게도 그녀의 눈앞에 있는 건 캔터빌의 유령이었다! 유령은 침울한 표정으로 한 손에 머리를 기대고 있었다.

「할아버지가 정말 안됐어요.」 버지니아가 유령에게 말했다. 「하지만 내일 제 쌍둥이 동생들이 이튼으로 돌아가요. 할아버지께서 얌전히 계시면 이제 아무도 괴롭히지 않을 거예요!」

「어처구니가 없구나!」 유령이 자기에게 말을 건넨 소녀를 바라보며 답했다. 「나는 쇠사슬을 달그락거리고 신음 소리를 내며 밤새 돌아다녀야 한단다.」

「그건 정당한 이유가 될 수 없어요. 할아버지는 정말 나쁜 짓을 저지르셨잖아요. 엄니 부인한테 다 들었어요. 할아버지의 아내를 죽이셨다면서요.」

「그래, 그건 인정하마. 그렇지만 내 마누라는 얼굴이 박색인 데다 셔츠 칼라에 제대로 풀을 먹이지도 못했고 요리 솜씨도 형편없었단다! 그렇다고 처남들이 나를 굶겨 죽인 건 도리가 아니지.」

「굶겨 죽였다고요? 이런, 유령 할아버지, 아니, 사이먼 경. 혹시 배고프신가요? 샌드위치가 하나 있는데 드시겠어요?」

84

「이제는 음식을 먹지 않아도 된단다. 너는 무례하고 못되고 정직하지 못한 다른 네 가족들보다 훨씬 착하고 친절하구나.」

「할아버지야말로 무례하고 못된 분이세요!」 버지니아가 발을 구르면서 말했다. 「그리고 정직하지 못한 것에 대해 말하자면 할아버지는 그 우스꽝스러운 바닥의 얼룩을 다시 칠하려고 제 상자에서 물감을 훔쳐가셨잖아요. 처음에는 빨간색 계통을 몽땅 가져가시더니 그다음에는 녹색 계통을 다 가져가셨죠……. 그런데도 저는 그 사실을 아무한테도 고자질하지 않았어요. 얼마나 황당했던지. 대체 에메랄드 녹색 피가 세상에 어디 있어요?」

유령이 온순한 목소리로 답했다. 「나도 달리 방도가 없었단다. 요즘에는 진짜 피를 구하기가 쉽지 않아서 말이야. 하지만 제발 가지 말아다오. 나는 몹시 피곤하단다.」 이어서 그가 꿈을 꾸는 듯한 목소리로 말을 이었다. 「저 소나무 숲 너머 먼 곳에 자그마한 정원이 하나 있단다. 그곳에는 별 모양의 독미나리 꽃이 피고 수정 같은 달이 지상을 굽어보며 주목은 가지를 뻗어 잠자는 이들을 감싸 주지.」

버지니아의 두 눈이 눈물로 흐릿해졌다. 「죽음의 정원을 말씀하시는 거죠?」

「그래. 나는 그 부드러운 갈색 흙 밑에 누워 평온을 찾고 싶단다. 네가 나를 도와줄 수 있을 거야. 사랑이 항상 너와 함께하고, 사랑은 죽음보다 훨씬 강하니까.」

버지니아는 전율을 느꼈다. 「서재 창문 위에 새겨진 오래된 예언을 읽은 적 있니?」

금발 소녀가 죄인의 입술에서 기도를 이끌어 낼 때
메마른 편도가 열매를 맺을 것이고
순진무구한 아이가 눈물을 흘릴 때
온 집 안이 고요해지고 캔터빌은 평온을 되찾을 것이다.

「그 뜻은 네가 나의 죄를 위해 울어야 한다는 거야. 너는 어둠 속에서 끔찍한 형상들을 보게 될 거다. 하지만 그것들은 너를 해치지 못할 거야. 그 어떤 것도 어린아이의 순수함을 이길 수 없으니까.」

갑자기 그녀가 하얗게 질린 얼굴로 일어나며 말했다. 「저는 두렵지 않아요. 할아버지를 보살펴 달라고 천사님께 부탁할게요.」

유령은 환호를 지르며 몸을 일으켜 그녀의 손을 잡고 옛 예법으로 정중하게 입을 맞추었다.

그의 손가락은 얼음장처럼 차가웠지만 버지니아는 떨지 않고 어두운 방을 지나갔다. 방 끝에 이르자 눈앞에서 동굴이 열렸다.

「서둘러!」 유령이 소리쳤다. 잠시 뒤에 그들이 동굴 안으로 들어가자 징두리판벽이 닫히고 방은 텅 비게 되었다.

어디에서도 버지니아가 보이지 않았다. 주변을 다 찾아보았지만 소용없었다. 나이 어린 체셔 공작은 조랑말을 타고 오티스 씨를 따라갔다.

어린 공작의 간청에도 불구하고 저녁에 오티스 씨는 모두 잠자리에 들라고 지시했다. 시계가 자정을 알리며 울리는 순간 쿵 하는 소리와 함께 비명과 괴이한 선율이 들리더니 판벽이 열리고 창백한 얼굴로 한 손에는 자그마한 함을 쥔 버지니아가 걸어 나왔다.

「대체 어디 갔었니?」 오티스 씨가 물었다.

「아빠, 저는 유령과 같이 있었어요. 아빠도 가서 보세요. 그분은 몹쓸 짓을 저질렀지만 회개했고 제게 이 보석함을 선물했어요.」

온 가족이 아연실색하여 그녀를 바라보았다. 버지니아는

비밀 통로로 가족을 안내했다. 그녀가 복도 끝에 있는 무거운 문을 열었다. 그들은 천장이 낮은 작은 방 안으로 들어갔다. 벽에 쇠고리가 박혀 있었고 거기에 해골이 사슬로 묶여 있었다. 해골은 옛날식 접시와 물병을 움켜잡으려는 듯 돌바닥에 몸을 쭉 뻗고 있었는데 그것들은 아슬아슬하게 손이 닿지 않는 곳에 놓여 있었다.

버지니아는 기도를 올리기 시작했고 나머지 사람들은 이제 비밀이 밝혀진 비극의 현장을 바라보았다.

「저기!」 쌍둥이 하나가 창밖을 내다보며 외쳤다. 「저기 보세요! 편도 고목에 꽃이 피었어요.」

「당신은 천사예요!」 나이 어린 공작이 소리치며 그녀에게 입을 맞추었다.

나흘 뒤에 캔터빌 저택에서 장례 행렬이 출발했다. 관에 덮인 보에 캔터빌 가문의 문장이 수놓아 있었다. 캔터빌 경과 버지니아가 맨 앞의 마차에 앉아 있었다. 그 뒤에 있는 마차에는 미국 공사와 그의 부인, 워싱턴, 쌍둥이가 타고 있었다. 그리고 마지막 마차에는 엄니 부인이 타고 있었다. 그녀는 자그마치 50년 동안 유령에게 시달렸으니 그의 마지막 순간을 지켜볼 권리가 있었다. 늙은 주목 아래 구덩이를 팠고 오거스터스 댐피어 목사가 아주 엄숙하게 장례식을 주관

했다.

달이 모습을 드러냈다. 버지니아는 유령에게 들은 이야기를 떠올리며 눈시울을 적셨다.

젊은 체셔 공작부인의 결혼식 때 사람들은 그녀의 보석을 보며 감탄을 금치 못했다. 사실 그녀는 어린 연인이 성인이 되자마자 결혼했던 것이다.

공작 부부는 신혼여행에서 돌아와 묘지를 찾아갔다. 공작 부인은 유령의 무덤 위에 장미꽃을 흩뿌렸다.

「하지만 당신은 유령과 단둘이 있었을 때 무슨 일이 있었는지 내게 이야기해 준 적이 없어요.」남편이 웃으며 말했다.

「그건 당신한테 말해 줄 수 없어요. 제발 묻지 말아요! 가엾은 사이먼 경. 그분은 내게 삶과 죽음이 무엇을 의미하고 왜 사랑이 삶과 죽음보다 더 강한지 일깨워 주셨어요.」

「하지만 언젠가 우리 아이들에게는 비밀을 말해 줄 거죠?」

버지니아는 얼굴을 붉혔다.

신비로운 상자

천지통

저장성 출신의 선비 닝은 과거를 치르기 위해 성도에 도착했다. 그는 외관은 으리으리하지만 오랫동안 방치된 듯한 어느 사원에 묵기로 했다.

길게 자란 잡초가 우거져 있었고 방은 거미줄로 뒤덮여 있었다. 무성한 대나무가 담을 이루고 수련이 떠다니는 못이 있는 곳을 제외하면 황량하기 그지없었다.

하지만 닝은 고독과 정적을 좋아했기에 그곳이 마음에 들었다. 그는 여장을 풀고 주변을 거닐며 승려가 나타나기를 기다렸다. 승려를 만나면 방을 빌리는 문제를 해결할 생각이었다. 잠시 뒤에 어떤 젊은 선비가 도착해 다른 방에 자리를 잡았다. 닝은 그와 수인사를 나누고 몇 가지 궁금한 점을 물었다.

「이 사원에는 따로 방을 빌려주는 주인이 없네. 각자 자신이 원하는 방에 머물 수 있지. 자네가 괜찮다면 우리 이웃한 방에서 함께 지내세.」 선비가 말했다.

닝은 기뻐하며 과거 시험이 진행되는 동안 그곳에 머무르기로 했다.

그날 밤, 두 선비는 환한 달빛 아래 앉아 담소를 나누었다. 그렇게 잠시 즐겁게 시간을 보내다 닝은 잠자리에 들었다.

갑자기 발소리와 함께 두 사람이 시끄럽게 대화를 주고받는 소리가 들렸다. 닝은 자리에서 일어나 귀를 기울였다. 정원에 있는 담 건너편에 자그마한 집이 하나 있었는데 그 앞에서 마흔 살쯤 되는 어떤 부인이 왜 샤오칭 아가씨가 아직까지 집에 돌아오지 않았느냐고 하녀에게 묻고 있었다.

그때 열일곱이나 열여덟 살 정도 되어 보이는 미모의 아가씨가 모습을 드러냈다.

「호랑이도 제 말하면 온다더니.」 부인이 말했다. 「아가씨에 대해 험담을 늘어놓지 않아서 다행이야. 저렇게 소리 소문도 없이 왔으니 우리 이야기를 다 들었을 거야. 아, 어쩜 저리 예쁘게 생겼을까!」

그렇게 대화가 계속되었다. 닝은 이웃에 사는 집이려니 생각하고 방으로 돌아가 다시 잠을 청했다.

그런데 눈을 감기 무섭게 누군가 방으로 들어오는 소리가 또렷이 들렸다. 바로 아름다운 이웃 아가씨였다. 그녀는 매혹적인 미소를 지으며 방에 같이 있어도 되느냐고 물었다.

「저는 당신을 이 방에 들일 수 없습니다. 제 평판에 문제가 생기면 곤란하거든요.」닝이 말했다.

「알 사람이 누가 있다고 그러세요?」

「하늘과 땅 그리고 제가 압니다. 어서 나가 주세요. 그렇지 않으면 옆방에 머무는 친구를 부르겠습니다!」

「무슨 이런 냉혈한이 다 있담!」아가씨가 밖으로 나가며 외쳤다. 한편으로는 자존심이 상하고 한편으로는 경외감에 가득한 표정이었다.

이튿날 어떤 사내가 사원에 도착하자마자 돌연 숨을 거두었다. 발에 무언가에 찔린 자국과 거기에서 흘러나온 몇 방울의 피를 제외하면 별다른 외상은 없었다.

닝의 옆방에 머무는 선비 양은 그 사원에 불길한 기운이 있다고 말했다. 하지만 닝은 그런 기이한 일들이 생기는 것

95

을 대수롭지 않게 여겼다.

얼마 뒤에 아가씨가 다시 닝의 방에 찾아왔다. 그녀는 평생 닝과 같은 남자는 처음 본다며 그에게 진실을 알려 주겠다고 말했다. 그녀의 이름은 샤오칭이었고 열여덟 살에 세상을 떠난 터였다. 그녀는 그 사원에 묻혀 있었으며 악귀가 그녀를 이용해 사람들을 죽이고 있었다.

「이제 남은 사람이 당신밖에 없어요.」 그녀가 말했다. 「악귀의 손아귀에서 벗어나려면 양 선생과 같은 방에 묵으셔야 해요.」

「그런데 왜 양은 해치지 않은 거죠?」

「그럴 수가 없어요. 그분에게는 강력한 부적이 있거든요.」

「사람들을 어떤 식으로 죽이는 건가요?」

「제게 접근하는 사람의 발을 찌른답니다. 그러면 악귀가 그이의 피를 빨아 먹는 거죠.」

닝은 그녀에게 감사를 표하고 언제 친구의 방에 가야 하는지 물었다.

「내일 밤이요.」 그녀가 말했다. 그리고 눈물을 흘리며 자기를 구원해 달라고 청했다. 자신의 유해를 수습해 더 안전한 곳에 묻어 달라는 것이었다.

「당신의 무덤은 어디에 있나요?」

「까마귀 둥지가 있는 수양버들 아래에 있어요.」

이튿날 닝은 양이 머무는 방으로 잠자리를 옮겼다. 양은 달갑지 않은 눈치였지만 결국 허락했다.

「자네가 그렇게 고집한다면 내 방에 묵어도 좋네. 하지만 저 벽에 걸린 상자는 절대 건들지 말게. 거기에 내 비밀이 담겨 있으니까.」

닝은 그 말에 따랐다.

그날 밤에 닝은 시끄럽게 코를 골아 대는 친구 때문에 잠을 이룰 수 없었다. 어느 순간 창문 앞에 그림자가 흔들리는 모습이 보이는 것 같았다. 그림자는 날카로운 두 눈을 빛내며 조금씩 가까이 다가왔다.

그때 상자에서 어떤 물건이 나오더니 굉음과 함께 쏜살같이 창문을 가로지르고 다시 상자로 들어갔다. 양이 소스라치

며 잠에서 깨어나 상자에서 단검을 꺼내고 냄새를 맡더니 말했다.

「어느 악귀가 겁도 없이 내 상자를 깨우려 왔느냐?」

닝은 호기심이 동했다.

「자네는 내 친구니까 사실을 말해 주지. 나는 마법의 단검을 갖고 있네. 방금 오래된 악귀의 냄새를 맡았지. 이 돌벽만 아니었다면 진즉에 녀석을 해치웠을 걸세. 그래도 어쨌든 녀석에게 상처를 입혔네.」

이튿날 창문 밑에서 핏자국이 발견되자 닝은 친구에 대해 더욱 큰 경외심을 느꼈다.

며칠 뒤에 아가씨의 무덤을 찾은 닝은 그럴듯한 핑계를 대며 고향으로 돌아갈 일이 생겼다고 말했다. 하지만 사원을 떠나기에 앞서 양에게 혹시 모르니 그의 비밀을 가르쳐 줄 수 있느냐고 물었다.

「자네가 내 비밀에 대해 알 필요는 없네.」 양이 답했다. 「자네는 벼슬을 지내게 될 사주라네. 어쨌든 이 상자를 가져가게. 유용하게 쓰일 일이 있을 걸세.」

고향 집으로 돌아간 닝은 샤오칭의 유해를 자신의 서재 앞에 묻고 다음과 같이 말했다.

「당신의 외로운 영혼을 가엾이 여겨 나와 가까운 곳에 묻습니다. 앞으로 악귀가 당신을 괴롭히는 일은 없을 것입니다. 매일 당신의 무덤에 찾아와 꽃 한 송이를 올려놓겠습니다. 약소하지만 가난한 서생이 이 세상을 떠난 영혼에게 드릴 수 있는 건 그게 전부입니다.」

닝은 서재로 돌아오자마자 누군가 자신을 부르는 소리를 들었다. 뒤를 돌아보니 샤오칭이 바로 눈앞에 서 있었다.

「저와의 약속을 지키고 자비를 베푸신 것에 대해 어찌 보답해야 할지 모르겠습니다. 당신이 허락하신다면 시부모님을 찾아뵙고 함께 인사를 드리고 싶습니다.」

샤오칭은 환한 달빛 아래에서 닝이 그녀를 처음 보았던 그날 저녁보다 훨씬 아름다운 모습이었다.

그는 자기가 먼저 부모님께 가서 낯선 방문객이 찾아왔다고 알릴 테니 서재에서 기다려 달라고 청했다.

그의 부모는 매우 놀라며 아들에게 오랫동안 병석에 누워 고생하고 있는 첫 번째 부인을 걱정시키지 말라고 조언했다.

닝이 밖으로 나오자마자 샤오칭이 그의 부모님 앞에 모습을 드러냈다. 그녀는 그들을 안심시키며 자신이 악귀에서 벗어날 수 있게 도와준 것에 대해 고마운 마음을 표현하고 싶을 뿐이라고 했다. 그들의 아들 곁에서 하인으로 지낼 수만 있다면 더 바랄 게 없다고 말이다.

닝의 어머니는 샤오칭의 말과 공손한 태도에 감동하였지만 아들이 가문의 대를 이어야 하는 독자라 귀신과 관계를 맺는 건 꺼려진다고 말했다.

「두 분께 맹세합니다.」어여쁜 귀신이 말했다. 「저는 아드님께 좋은 일만 생기기를 바랍니다. 하지만 두 분께서 그리 염려하신다면 더는 청하지 않겠습니다. 다만 아드님의 여동생이자 두 분의 수양딸이 될 수 있게 허락해 주십시오. 아드님의 곁에 머물며 두 분을 모실 수 있도록 말입니다.」

닝의 어머니는 귀신의 진실한 마음을 더는 물리칠 수 없다고 생각해 이를 승낙했다.

그 이후로 매일 샤오칭은 부엌일과 집안일을 돌보았다. 그리고 저녁이 되면 아무도 모르게 어디론가 자취를 감추었다. 그녀는 매번 서재 앞을 지날 때마다 발길을 머뭇거렸다. 안으로 들어가고 싶은 마음이 굴뚝같았지만 상자의 존재가 두려웠다.

닝은 그녀를 불편하게 하지 않기 위해 상자를 다른 곳으로 치웠다. 그때부터 샤오칭은 저녁마다 서재에 가서 닝과 함께 책을 읽었다. 하지만 서재를 떠날 때마다 항상 슬픈 표정을 지었다.

오래전부터 반신불수 상태로 누워 있던 닝의 아내는 열다섯 달 뒤에 세상을 떠났다. 샤오칭은 그녀를 대신해 집안일을 챙겼다. 결국 닝의 어머니는 모든 두려움을 떨쳐 내고 샤오칭이 집에서 잠을 자고 머물 수 있도록 허락했다.

그때까지 음식을 전혀 입에 대지 않던 샤오칭이 마침내 무언가를 먹기 시작했다. 주변 사람들은 아무도 그녀가 귀신이라는 것을 눈치채지 못했다.

그녀는 닝의 어머니가 걱정하고 있다는 사실을 알았다.

「그래. 하지만 너를 며느리로 맞으면 우리 가족이 어떻게 대를 이을 수 있겠니?」

「어머님, 운명은 정해져 있어요. 어머님도 저도 그 운명을 바꿀 수 없지요. 아드님은 세 명의 자식을 얻게 될 겁니다.」

닝의 어머니는 그 말에 확신을 얻었고 두 사람은 곧 혼례를 치렀다.

어느 날 샤오칭은 남편에게 마법의 상자를 가져와 침대맡에 놓으라고 부탁했다. 악마가 다시 그녀를 잡으러 오는 듯한 예감이 든다는 말이었다.

그날 밤 부부는 마당에 새처럼 생긴 무언가가 떨어지는 것을 보았다. 그것은 날카로운 눈에 입에 피를 머금은 악귀로 변해 그들의 방으로 쳐들어왔다.

악귀는 상자 앞에서 잠시 머뭇거리더니 발톱으로 상자를 휘감았다. 그러자 상자가 엄청난 굉음을 쏟아 내며 커다랗게 변했다. 상자 밖으로 어떤 정령이 나오더니 기다란 팔로 악귀를 붙잡아 상자 안으로 끌고 갔다. 곧 상자가 닫히며 평소의 크기로 되돌아갔다.

샤오칭은 기쁨을 감추지 못했다. 그녀는 상자를 들고 남편 앞에 서서 이전에 상자 안에 없던 엄청난 양의 물을 쏟았다.

이제 악귀에서 완전히 해방된 것이었다. 3년 뒤에 닝은 과거에 급제했고 샤오칭은 첫째를 낳았다.

페스트 왕

에드거 앨런 포

에드워드 3세[7] 치하의 어느 10월 자정 무렵, 슬로이스항과 템스강 사이를 오가는 무역선 소속의 두 선원이 정신을 차려 보니 놀랍게도 런던 세인트앤드루스[8] 교구에 자리한 평범한 술집에 앉아 있었다.

야트막한 천장에 연기에 그을린 그 헛가리 안에 여기저기 흩어져 있는 손님들의 무리 가운데 우리의 두 선원은 특별히 눈에 띄는 건 아니어도 단연 가장 흥미로운 한 쌍이었다. 나이가 더 들어 보이고 동료에게 〈레그스〉라는 별명으로 불리는 쪽이 둘 중에 키도 더 컸다. 그는 족히 2미터는 되어 보였고 심각하게 삐삐 마른 몸이었다. 동료들의 말마따나 술에 취했을 때는 돛대 머리의 삼각기로, 맨 정신일 때는 이물 돛

---

7 영국의 왕(1312~1377). 프랑스 왕위의 계승권을 주장하여 1337년에 프랑스와 백 년 전쟁을 시작하였다. 재위 기간은 1327~1377년이다.

8 영국 스코틀랜드의 동부와 북해에 면한 휴양 도시. 스코틀랜드의 종교 중심지로 교회가 많다.

의 활죽으로 써도 될 정도였다.

젊은 선원은 동료와 완전 정반대였다. 그는 신장이 1미터 30센티미터가 안 되었다. 뭉툭한 오 다리가 땅딸하고 볼품없는 몸을 지탱하고 있었고 짧고 굵은 팔이 바다거북의 지느러미처럼 옆구리에서 대롱대롱 흔들렸으며 코는 둥근 얼굴을 감싸고 있는 살덩어리에 파묻혀 있었다. 두툼한 윗입술은 그보다 더 두툼한 아랫입술 위에 자기만족에 취한 채 얹혀 있었는데 이따금 입술을 핥아 대는 주인의 버릇 때문에 그런 인상이 한층 두드러졌다.

이 훌륭한 한 쌍은 인근의 여러 선술집을 편력하며 파란만장한 저녁을 보낸 터였다. 하지만 언젠가는 밑천이 드러나기 마련인 법. 그 마지막 술집에 발을 들이던 순간에 우리 친구들의 호주머니는 텅 비어 있었다.

이 이야기가 시작되는 시점에 레그스와 그의 동료 휴 타폴린은 탁자에 팔꿈치를 올려놓고 손으로 뺨을 괸 채 아직 값을 치르지 않은 커다란 〈독주〉 병을 마주하고 앉아 있었다.

그들은 남은 맥주를 깨끗이 비우고 길거리로 내뺐다. 타폴린이 벽난로를 문으로 착각해 그 안으로 두 번 들어가기는 했지만 두 사람은 결국 무사히 탈주에 성공했다. 12시 30분을 알리는 종이 울리는 순간 우리의 주인공들은 〈즐거운 선

108

원) 여주인의 맹렬한 추격을 피해 컴컴한 골목길을 부리나케 질주하고 있었다.

당시에 영국 전역에는 〈역병이다!〉라는 끔찍한 비명이 울려 퍼지곤 했다. 도시의 인구가 줄어들었고 역병의 근원지로 지목받던 템스강 유역의 어둡고 불결한 골목길을 활보하고 다니는 것은 두려움과 공포, 미신뿐이었다. 왕은 그 지역에 출입 금지를 선포하였고 무단으로 그곳에 침입하는 자는 사형에 처하도록 했다. 그렇지만 왕의 명령도 길목을 가로막은 장벽들도 역겨운 죽음의 가능성도 모험을 불사하는 자들이 빈집을 털고 포도주와 술로 가득한 창고를 약탈하는 것을 막지 못했다.

공포에 질린 주민들 가운데 대다수가 이를 인간이 아닌 흑사병의 유령 또는 역병의 도깨비가 저지른 짓이라고 생각했다. 머리카락이 쭈뼛해지는 괴담들이 끊이지 않고 퍼지면서 그 구역 전체가 어둠과 침묵, 역병 그리고 죽음이 창궐하는 곳으로 변했다. 출입 금지 구역을 알리는 바로 그 장벽들 중의 하나가 레그스와 휴 타폴린의 도주를 가로막았다. 추격자들이 턱밑까지 따라온 마당에 길을 되짚어가는 것은 불가능한 일이었다. 달리기와 술 때문에 잔뜩 흥분한 두 노련한 선원에게 장벽을 기어올라 금지 구역 안으로 뛰어내리는 건 식은 죽 먹기였다. 그들은 고래고래 악을 쓰며 역겨운 냄새가 풍기는 으슥한 골목을 헤매기 시작했다.

공기가 차갑고 습했다. 바닥에서 떨어져 나온 포석들과 무너진 집의 잔해들이 길을 가로막았고 유독한 악취가 사방에 진동했다. 한밤중에도 역병의 기운이 감도는 축축한 대기에서 퍼져 나오는 스산한 빛 아래로 골목길에 널브러져 있는 수많은 시체가 보였다. 도둑질을 자행하는 순간 역병의 손아귀에 붙들린 야밤의 약탈자들이었다. 하지만 그러한 광경도 원체 겁이 없는 데다 술에 거나하게 취한 두 사내의 앞길을 막지 못했다. 레그스는 엄숙한 얼굴로 인디언 함성을 내지르며 앞으로 또 앞으로 나아갔다. 땅딸막한 타폴린은 몸을 뒤뚱거리며 앞으로 또 앞으로 동료의 뒤를 따라갔다.

어느덧 그들은 명실상부한 역병의 본거지에 이르렀다. 쓰레기 더미를 헤치고 지나가는 동안 해골이나 살점이 너덜거리는 시체에 여러 번 손이 닿았다.

어떤 음산한 건물 입구에 도착했을 때 레그스의 날카로운 고성에 대한 화답인지 안에서 거친 비명이 연속해서 들려왔다. 술에 취한 두 사람은 전혀 주눅 들지 않은 채 문을 쾅 열어젖히고 방 한가운데로 휘청휘청 걸어 들어갔다. 그곳은 장의사의 가게였다. 중앙에 탁자가 놓여 있었고 그 위에 펀치로 보이는 술이 담긴 술통이 있었다. 포도주와 리큐어[9]병이 항아리, 주전자, 유리병과 함께 주변에 흩어져 있었다. 여섯 사람이 탁자를 빙 둘러싸고 관 받침대 위에 앉아 있었다. 그

9 알코올에 설탕과 식물성 향료 따위를 섞어서 만든 혼성주.

들을 간략하게 묘사해 보겠다.

　입구를 마주 보고 앉아 있는 사람이 무리의 좌장인 듯했다. 그는 키가 크고 몸이 강팔랐다. 자기보다 훨씬 마른 사람을 본 레그스는 당혹을 금치 못했다. 그의 얼굴은 사프란처럼 노랬지만 한 가지를 제외하면 딱히 눈에 띄는 특징은 없었다. 그건 바로 무시무시하게 높은 이마로 마치 머리 위에 살로 만든 모자나 왕관을 얹어 놓은 것처럼 보였다. 그는 검은 관 덮개를 스페인 망토처럼 몸에 두른 채 머리에 꽂은 검은색 영구차 깃털 장식을 젠체하며 흔들어 댔다. 오른손에는 인간의 커다란 넓적다리뼈를 들고 있었다. 그 맞은편에 앉아 있는 여인은 방금 묘사한 삐쩍 마른 남자에 못지않게 특이했다. 사실 그녀의 몸뚱이는 한쪽 방구석에 있는 거대한 크기의 밑 빠진 맥주 통과 흡사했다. 지나치게 둥글고 붉은 그녀의 얼굴은 별다른 특징이 없었다. 그러니까 얼굴에서 눈에 띄는 부분은 딱 한 군데였다. 예리한 타폴린은 그러한 특징이 탁자에 앉아 있는 무리의 모든 사람에게 해당할 수 있다는 것을 바로 깨달았다. 그들은 각자 얼굴의 특정 부위를 독점하고 있는 것처럼 보였다. 여인의 경우에 그 부위는 바로 입이었다. 입이 오른쪽 귀에서 시작해 왼쪽 귀까지 끔찍한 흉터처럼 갈라져 있어서 양쪽 귓불에 매단 작은 귀고리가 까닥거리며 그 틈으로 들어갔다 나오기를 반복했다. 그녀는 새로 다림질한 수의로 만든 드레스를 턱밑까지 당겨 입고 온 힘을 다해 입을 다물고 있으려고 애썼다.

여인의 오른편에는 자그마한 몸집의 젊은 여자가 앉아 있었다. 떨리는 손가락과 시퍼런 입술, 가벼운 홍조로 보아 급성 폐결핵에 걸린 듯했다. 그렇지만 그녀에게는 나름 고상한 분위기가 풍겼다. 하지만 여드름투성이의 길고 가는 코가 아랫입술 훨씬 아래까지 늘어져 있어서 이따금씩 섬세하게 혀를 놀려 코를 이쪽저쪽으로 옮겨 줘도 전체적인 얼굴의 인상이 어정쩡하게 느껴졌다.

젊은 여자의 맞은편에는 통풍에 걸린 듯 퉁퉁 부은 얼굴에 숨을 쌕쌕거리는 작은 노인이 앉아 있었다. 노인의 양 볼은 포르투 와인이 담긴 커다란 가죽 부대처럼 어깨 위에 놓여 있었다. 그는 머리부터 발끝까지 자신의 외모를 흡족히 여기고 있는 게 분명했다. 그중에서도 특히 요란한 색깔의 외투를 자랑스러워하는 것 같았다. 그 외투에 적지 않은 돈을 들인 게 틀림없었다. 그것은 영국을 포함한 여러 나라에서 귀족 가문의 누군가가 명을 다했을 때 저택의 눈에 잘 띄는 곳에 관례로 걸어 놓는 문장(紋章)을 가리는 데 사용되는, 정교한 자수가 새겨진 비단 덮개로 만든 외투였다.

노인의 옆에는 속옷 바지 차림에 흰 양말을 신은 신사가 앉아 있었다. 그는 타폴린이 〈섬망〉이라고 부르는 발작 때문에 우스꽝스럽게 몸을 흔들고 있었다. 턱을 붕대로 동여매고 그와 비슷한 식으로 손목을 맞댄 채 양팔을 묶어 놓은 탓에 그는 탁자 위의 술을 마음껏 마실 수 없었다. 레그스는 사내

의 술에 찌든 안색으로 보아 그러한 예방 조치가 필요했으리라는 의견을 표했다. 그렇지만 달리 얽어맬 방도가 없었던 어마어마한 크기의 두 귀는 제멋대로 솟아 있었고 가끔 경련을 일으키며 쫑긋거렸다.

여섯 번째이자 마지막 사람은 다소 뻣뻣한 자세로 앉아 있었다. 자신이 입고 있는 불편한 의상을 상당히 거북해하는 것 같았다. 그는 어디서도 보지 못한 희귀한 옷차림을 하고 있었는데 한 번도 사용하지 않은 멋들어진 관을 뒤집어쓰고 있었다. 때때로 그는 천장을 바라보며 저 자신의 거대한 크기에 놀란 듯한 커다란 두 눈을 희번덕거렸다.

사람들 앞에 반으로 쪼개진 두개골이 하나씩 놓여 있어 술잔으로 쓰이고 있었다. 천장 고리에 매달려 있는 해골의 두개골 안에 불붙인 숯이 가득했다.

이 괴상한 무리 앞에서 우리의 두 선원은 응당 갖춰야 할 예의를 차리지 않았다. 레그스는 벽에 기댄 채 평소보다 더 크게 입을 쩍 벌리고 눈을 한껏 휘둥그레 떴다. 휴 타폴린은 손바닥으로 무릎을 치며 귀청이 떠나가도록 한참을 요란하게 웃었다. 좌장은 이런 무례한 행동에도 얼굴을 붉히지 않고 미소를 지으며 두 사람을 각자의 자리로 안내했다. 레그스는 군말 없이 자리에 앉았지만 우리의 멋쟁이 휴는 폐결핵을 앓는 듯한 젊은 여자 쪽으로 관 받침대를 옮겼다. 그는 그녀의 옆에 털썩 주저앉더니 두개골에 적포도주를 가득 따르고 앞으로 친하게 사귀자며 단번에 죽 들이켰다. 뻣뻣한 자세로 관을 입고 있는 남자가 화를 냈고 좌장은 탁자를 치며 일동의 주의를 끌었다.

「이 행복한 자리에서 우리에게 주어진 의무는…….」

「잠깐!」레그스가 그의 말을 끊었다. 「우선 당신들이 대체 누구이며 무슨 작당으로 사악한 악마처럼 차려입고 정직한 내 친구이자 장의사인 윌 윔블이 겨울을 나기 위해 쟁여 놓은 훌륭한 진을 흥청망청 퍼마시고 있는지 말해 주시오!」

도저히 용서할 수 없는 이 버릇없는 작태에 원래 있던 사람들이 다들 자리를 박차고 일어나 방금 전에 두 선원이 들었던 악마 같은 비명을 길게 내질렀다.

「우리가 초대한 적은 없으나 이 자리에 행차하신 귀한 손님들께서 궁금하신 점이 있다면 기꺼이 답해 드려야지. 짐은 이 왕국의 군주 페스트 1세라고 하네. 그리고 자네들이 오늘밤 이전에는 우리의 신성한 귀를 더럽히지 않았던 윌 윔블이라는 천한 이름을 지닌 장의사의 가게라고 주장하는 이 방은 궁정 회의실이지. 내 맞은편에 앉아 있는 고귀한 부인은 페스트 여왕일세. 자네들의 앞에 계신 이 고명하신 분들은 우리 왕가의 일족으로 각각 〈전염병 대공〉, 〈역병 공작〉, 〈돌림

116

병 공작〉, 〈페스트 대공비〉라는 칭호로 불리고 있지. 우리가 이렇게 회의실에 앉아 무엇을 의논하고 있느냐는 질문에 대해 답하자면 우리는 정확한 조사와 연구를 바탕으로 이 아름다운 도시에서 나는 포도주와 맥주, 리큐어의 더없이 훌륭한 품질을 분석하고 감정하기 위해 오늘 이 자리에 모였네. 그리하여 우리가 목적한 바를 이루는 동시에 이 세상을 초월하신 분이자 우리 모두를 다스리는 군주의 번영을 도모하려는 것이지. 그 군주의 존함은 〈죽음〉이라네.」

「데비 존스[10]겠지!」 타폴린이 외쳤다.

「무뢰한 같으니!」 좌장이 일성을 내질렀다. 「우리는 네놈들의 경박한 질문에도 친히 대답해 주었다. 하지만 이제 이 회의실에 불경하게 침입한 죄로 네놈과 네 동료에게 각각 블랙 스트랩 4리터를 무릎을 꿇은 채 한입에 마시라는 명을 내리노라. 그런 다음 각자 원하는 바에 따라 제 갈 길을 가든지 아니면 여기 남아 이 자리에 함께 하는 특권을 누리든지 하라.」

「그건 절대 불가능한 일입니다.」 레그스가 대답했다. 페스트 1세의 위엄에 약간의 존경심이 생겨난 터였다. 「제 선창에는 폐하께서 말씀하신 술의 4분의 1도 실을 수 없습니다. 오늘 저녁 여러 항구에서 상당한 양의 맥주와 리큐어를 선적

10 악마에게 영혼을 팔고 영원한 생명을 얻은 17세기 대해적.

했을 뿐만 아니라 〈즐거운 선원〉이라는 간판을 건 곳에서 정히 돈을 지불한 〈독주〉를 만재한 상태입니다. 따라서 소인은 블랙 스트랩이라 불리는 그 역겨운 구정물을 한 방울도 입에 삼킬 수 없을뿐더러 삼키고 싶지도 않습니다.」

「그만!」 타폴린이 말을 끊었다. 「내 선체는 아직 가볍다고. 그렇게 악을 써대느니 내 선창에 실을 만한 공간을 찾아보겠네. 그런데……」

「이 조처는 절대 번복될 수 없다.」 좌장이 그의 말을 가로 막았다. 「이를 완수하지 못할 시에는 네놈들의 목과 발꿈치를 함께 묶어 반역죄로 익사시킬 것이다!」

「옳소! 옳소! 훌륭한 판결이옵니다!」 페스트 일족이 한목소리로 외쳤다.

「우우! 우우! 우우!」 타폴린이 낄낄거렸다. 「그러니까 내 말은 나처럼 튼튼한 배한테 10리터 정도의 술은 아무것도 아니지만 여기 있는 볼품없는 왕 앞에서 무릎을 꿇는다는 것은……」

그는 무사히 말을 마칠 수 없었다.

「반역이다!」 일동이 외쳤다.

「반역이다!」 여왕이 소리를 내지르더니 타폴린의 바지 밑자락을 잡고 그가 애지중지하는 맥주 통 안으로 내동댕이쳤다. 타폴린은 토디 술잔 속의 사과처럼 위아래로 움직이더니 소용돌이치는 거품 속으로 사라졌다.

우리의 꺽다리 선원은 동료의 참패를 가만히 지켜보고 있지 않았다. 그는 페스트 왕을 바닥에 열려 있는 문으로 던져넣고 방 한가운데로 성큼성큼 걸어갔다. 그리고 천장에 걸려 있던 해골을 잡아채서 막대기 마냥 힘껏 휘둘러 댔고 통풍을 앓는 작은 노인의 머리를 박살 냈다. 이어서 그는 휴 타폴린이 들어 있는 맥주 통으로 달려가 통을 굴러 넘어뜨렸다. 맹렬하게 쏟아져 나오는 맥주의 홍수에 방 안이 술에 잠겼다. 탁자와 관 받침대들이 뒤집히고 펀치가 담긴 술통이 벽난로에 처박히는가 하면 숙녀들은 히스테리를 일으켰다. 장례 용품들이 이리저리 떠다니고 병들이 서로 부딪혔다. 〈섬망〉에 걸린 남자는 익사했고 관을 입은 남자는 둥둥 떠다녔다. 레그스는 득의양양한 모습으로 뚱뚱한 부인의 허리를 붙든 채거리로 뛰쳐나갔고, 휴 타폴린은 두세 번 재채기를 한 후 숨을 헉헉대며 페스트 대공비와 함께 순풍에 돛을 단 배처럼 그 뒤를 따라갔다.

역자 해설

『유령 이야기』는 「캔터빌의 유령」 같이 잘 알려진 작품부
터 「신비한 상자」처럼 쉽게 접할 수 없는 작품까지 총 여덟
편의 단편을 각색한 이야기가 담겨 있는 그림책이다. 유령과
귀신, 기괴한 인물들이 등장하는 괴담이라는 것 외에 전체를
아우르는 통일적 주제는 없지만 죽은 자의 영혼을 통해 진실
을 듣게 되는 이야기들이 주를 이루고 있다. 으스스한 분위
기의 전형적인 호러물 사이에 코믹한 느낌의 독특한 단편들
이 섞여 있어 공포 이야기의 다양한 면면을 맛볼 수 있다는
게 가장 큰 장점이다. 이야기를 각색하는 과정에서 불가피하
게 원문의 세부적인 내용이 많이 생략되었음에도 이 책을 엮
은 세레넬라 콰렐로는 각각의 단편이 지니는 독특한 느낌을
충실히 살려내고 있으며 마우리치오 콰렐로의 그림도 과장
되지 않은 차분한 색조로 작품의 전체 분위기를 잘 전달하고
있다.

이 책의 첫 이야기인 「죽은 여자」는 모파상의 단편 중에 상

121

대적으로 잘 알려지지 않은 작품이다. 하지만 작가의 다른 단편들과 마찬가지로 인간 사회에 대한 염세적인 시각과 함께 광기에 빠진 인물의 심리를 잘 그려내고 있다. 주인공인 화자는 연인의 죽음으로 인한 충격 때문에 이성을 잃고 〈잘 기억나지 않는다〉는 말을 반복한다. 마치 그것이 살아 있는 사람인 양 거울에게 감정 이입을 하고 연인의 무덤 옆에서 밤을 보내기로 결심하는 행동에서 그가 점점 미쳐 가는 모습을 확인할 수 있다. 주인공은 시체들이 무덤에서 일어나 자신들의 비명에 적혀 있는 거짓말을 고쳐 쓰는 것을 목격한다. 진실을 외면하려는 세상에 대한 풍자와 위선적인 인간 사회에 대한 환멸이 잘 담겨 있는 부분이다. 소설의 마지막은 익히 예상할 수 있는 장면으로 끝난다. 주인공은 연인의 묘지를 찾아가 기존에 있던 비명 대신에 새로 적혀 있는 비명을 확인하고 의식을 잃는다. 그의 연인은 다른 사람과 바람을 피우다가 감기에 걸려 세상을 떠났던 것이다. 하지만 이야기가 마무리된 뒤에도 해결되지 않는 의문이 있다. 그렇다면 애초에 있던 연인의 비명은 누가 적었던 것일까? 왜 주인공은 이야기 내내 〈잘 기억나지 않는다〉는 말을 되풀이했던 것일까? 어쩌면 주인공인 화자 또한 진실을 외면하는 위선적인 인간 중의 한 명인지도 모른다.

「유령과 접골사」는 고딕 소설의 대가로 유명한 르 파뉴의 초기 단편으로 코믹한 요소가 많이 담겨 있는 유령 이야기다. 호레이스 월폴이 1764년에 지은 「오트란토성」 이후 고딕 소설에 단골로 등장하는 모티프인 액자 밖으로 빠져나오는 그림 속 인물을 바탕으로 하고 있다. 유령에 얽힌 우스꽝스러운 상황이 그려지는 가운데 테리 닐과 지주의 유령이 나누는 대화에서 확인할 수 있듯 지주와 소작인 간의 계급적 갈등이 작품의 중심에 자리 잡고 있다. 그런 면에서 그림책으로 각색되는 과정에서 이야기의 화자인 테리 닐의 아들의 목소리가 지워졌다는 건 살짝 아쉽다. 원문에서 테리 닐의 아들은 쉽게 알아보기 힘든 구어체 어투를 사용하며 분명한 계급적 차이를 드러낸다. 또 하나. 왜 지주의 유령은 현재 자신이 있는 곳에서 편치 못하며 계속 다리가 아프다고 하는 걸까? 물론 살아 있을 때 다리가 부러졌다는 내용이 있지만 원문에서 이에 대한 추가 설명을 찾아볼 수 있다. 아일랜드 남부에 널리 퍼진 미신에 다르면 묘지에 마지막으로 묻힌 사람의 영혼은 연옥의 뜨거운 불 때문에 갈증에 시달리는 다른 영혼들을 위해 시원한 물을 날라 줘야 한다. 그래서 지주의 유령은 성치 못한 다리로 시도 때도 없이 물을 운반하느라 고통스러운 상태인 것이다.

제롬 K. 제롬의 『저녁 식사 후의 유령 이야기와 또 다른 이야기들』을 각색한 「청색 방의 유령」도 가볍게 읽을 수 있는 코믹한 유령 이야기다. 화자는 삼촌댁에서 크리스마스 만찬을 즐긴 뒤에 벽난로 앞에 모여 있는 사람들과 유령 이야기를 나누게 된다. 이 책에서 각색된 내용에는 생략되어 있지만 원문에서는 삼촌의 이야기 전에 부목사, 스크러블스 박사,

123

쿰스 씨, 테디 비플스의 이야기가 소개된다. 흥미로운 점은 스크러블스 박사와 부목사의 이야기가 〈상식적으로 이해할 수 없는 이야기〉라는 이유로 생략되어 있다는 것이다. 이는 자신의 이야기가 상식적인 머리로 이해할 수 있는 단순한 이야기라는 화자의 주장과 연결된다. 자신이 합리적 생각을 지닌 신빙성 있는 사람이라는 것을 강조해서 자신의 이야기에 사실성을 부여하려는 것. 하지만 도입부에서부터 크리스마스를 배경으로 하는 유령 이야기의 상투성을 지적하던 화자는 자신이 바로 그 상투적인 이야기의 주인공이 된다. 누구보다도 이성적인 사람임을 자부하지만 결국 유령의 존재를 믿고 상식적으로 이해하기 힘든 행동을 하기에 이르는 것이다. 이러한 화자의 말과 행동 사이의 간극이 이 이야기의 코믹한 요소를 더욱 배가시킨다.

「혼령의 산」은 19세기 스페인 낭만주의의 대표적 시인 베케르의 단편으로 스페인 중부의 도시 소리아를 배경으로 한 일련의 작품들 가운데 하나이다. 작품에 등장하는 〈혼령의 산〉과 〈템플 기사단 수도원〉은 실제 소리아에 위치한 곳으로 오늘날에도 그 흔적을 확인할 수 있다. 그림책에서 각색된 내용에는 생략되어 있지만 원문에는 〈산 후안 델 두에로〉라는 실제 수도원 이름이 명시되어 이야기의 사실성을 더 부각시키고 있다. 템플 기사단과 도시 귀족 사이의 반목은 알론소와 베아트리스의 관계와 중첩되며 전쟁과 사랑으로 인한 비극적 결말을 한층 강조한다. 하지만 이 작품에서 가장 인상적인 건 베케르의 시인으로서의 재능이 발휘된 감각적인 묘사이다. 작품 도입부의 화자가 종소리에 잠에서 깨어나 이야기를 적어 내려가기 시작하듯이 독자의 머릿속에는 본문에서 지속적으로 반복되는 소리가 메아리처럼 남는다. 구슬프게 울리는 예배당 종소리, 삐걱거리는 창문 소리, 경첩 소리, 문소리, 발소리 그리고 베아트리스를 부르는 알론소의 목소리까지.

「별 속의 해골」은 16세기 영국과 아프리카를 배경으로 악과 맞서 싸우는 솔로몬 케인이라는 인물을 주인공으로 한 모험 소설 시리즈에 속하는 단편이다. 솔로몬 케인이 등장하는 대부분의 단편들은 1920년대 초반에 미국 대중 소설의 전성기를 주도했던 『위어드 테일즈』라는 잡지에 발표되었다. 솔로몬 케인은 아무런 두려움 없이 악의 무리와 대적하는 거친 모습으로 남성적 영웅 판타지를 대표하는 캐릭터이다. 그러한 특성은 이 단편에도 잘 드러나 있다. 솔로몬 케인은 어떠한 길이 더 위험한지를 따지는 마을 사람들의 조심성에 콧방귀를 끼고 오히려 사악한 존재와 마주칠 수 있다는 기회에 흥분을 느낀다. 그 사악한 존재의 성격에 대해 아무것도 알지 못하는 상태에서도 말이다. 하지만 바로 그러한 무지가 선과 악의 이분법적 구도와 악의 징벌이라는 단순한 구조를 지니고 있는 이야기를 흥미롭게 만드는 요소다. 자신의 목표를 향해 막무가내로 전진하는 솔로몬 케인의 모습을 통해 독자는 통쾌한 대리 만족을 느낄 수 있다.

오스카 와일드의 「캔터빌의 유령」은 이미 국내에도 여러 번 소개된 단편으로 전통적 유령 이야기의 패러디로 볼 수 있는 작품이다. 이 이야기에서 유령은 무서운 존재가 아니라 오히려 사람에 의해 고통받는 보잘것없는 존재로 등장한다. 이는 유령의 존재를 믿지 않는 실용적인 미국인인 오티스 가족과 전통적인 귀족적 가치에 집착하는 영국인 유령 사이면경의 대립으로 표현된다. 사람과 유령의 역할이 뒤바뀐 것 같은 코믹한 상황이 반복되며 독자는 점차 사람이 아닌 유령에게 감정 이입을 하고 연민을 느끼기에 이른다. 미국인에 대한 풍자도 이 작품의 흥미로운 요소 중 하나다. 오티스 씨는 집에 딸린 가구에 유령까지 인수하겠다고 말하며 돈으로 모든 것을 다 살 수 있다는 물질주의적인 가치관을 보여 준다. 그리고 미국인에게 유럽의 유산은 구경거리에 불과할 뿐이라고 암시하며 유령의 존재를 믿는 영국 귀족을 비웃는다. 하지만 흥미롭게도 작품의 말미에 오티스 씨의 딸 버지니아는 영국 귀족과 결혼을 하게 된다.

「신비로운 상자」는 19세기 후반 청나라 말기 양무운동(근대화 운동) 시기의 지식인 천지퉁이 프랑스어로 쓴 작품『중국 이야기』에 포함된 단편이다. 천지퉁은 청나라의 주 프랑스 대사관에서 파견 무관을 지내는 동안 중국은 야만적인 나라라는 유럽인들의 인식을 바꾸기 위해 프랑스어로 중국의 전통과 관습, 문화를 알리는 책을 썼다.『중국 이야기』도 그러한 책 중의 하나로 중국에서 전해 내려오는 기담과 민담을 모아 근대적인 단편의 형식으로 고쳐 쓴 것이다. 「신비로운 상자」는 우리에게 익숙한 전래 동화 방식으로 귀신의 보은이라는 모티프를 풀어내는 작품이다. 샤오칭을 괴롭히는 악귀나 닝에게 도움을 주는 양의 정체에 대한 설명이 더 있을 법도 하지만 작가는 닝과 샤오칭의 선한 행동에 이야기의 초점을 맞추며 권선징악의 주제를 간명하게 드러낸다. 기존에 서양인들이 동양에 대해 갖고 있던 편견을 의식해 이국적이고 자극적인 묘사를 배제하고 보편적인 인간의 성정을 다루려한 작가의 의도가 느껴지는 부분이다.

페스트로 인해 봉쇄된 중세 런던을 배경으로 하는 「페스트 왕」은 슬랩스틱 코미디와 그로테스크한 공포가 뒤섞인 독특한 작품이다. 여러 평자들은 이 단편이 당시 미국의 대통령이었던 앤드루 잭슨을 풍자한 정치적 우화라고 해석한다. 앤드루 잭슨이 인디언과의 전쟁에서 활약해 명성을 얻은 뒤 인디언을 말살하고 탄압했다는 점, 독단적인 성격과 포퓰리즘 정책 때문에 〈앤드루 킹 1세〉나 〈폭도들의 왕〉 같은 별명으로 불렸다는 점, 자신의 입맛에 맞는 인물들로 내각을 구성해 〈주방 내각〉이라는 비판을 받았다는 점 등이 작품의 내용과 연결된다는 것이다. 실제로 포가 미국 사회에 대한 풍자적인 글도 많이 남겼다는 사실을 감안하면 암호를 풀듯이 작품의 세부 묘사에 숨겨진 암시들을 찾아내는 것도 흥미로운 독서일 것이다. 하지만 그러한 해석과 별개로 포의 기괴한 상상력이 발휘된 시각적 묘사 또한 인상적이다. 그래서 레그스와 휴 타폴린, 페스트 왕과 그 무리에 대한 세세한 묘사 그 자체가 작품의 핵심처럼 느껴지기도 한다.

끝으로 이 책에 실린 이야기들이 원문을 각색한 것이라는 점을 고려하여 원문과 비교해 내용상 큰 차이가 있는 부분은 원문에 따라 수정했음을 밝힌다.

박세형

작가 소개

기 드 모파상 Guy de Maupassant(1850~1893)

프랑스 사실주의의 대표 작가인 모파상은 외부와 단절된 채 어머니의 교육을 받으며 수준 높은 교양을 익혔다. 그리하여 그는 동년배 친구들과 아무런 교류 없이 어린 시절을 보냈다. 자유분방하고 무책임한 아버지는 이른 시기에 가족을 버리고 떠났다. 모파상은 기숙 학교에 들어가지만 싫증을 느끼고 학업을 게을리했다. 그의 친구인 작가 플로베르가 그를 문학에 입문시켰다. 전쟁에서의 짧은 경험으로 인해 그는 평생 군대를 증오하게 되었다. 그는 인생을 즐겼고 아무것도 두려워하지 않았으며 여행과 방종으로 가득한 삶을 살았지만, 환각을 보는 등 착란에 시달리다 정신 병원에서 생을 마감했다. 그는 〈심리적〉인 미스터리가 주를 이루는 3백 편 가까운 이야기를 썼다. 그중에서 가장 유명한 작품은 「오를라」일 것이다. 「죽은 여자La morte」는 1887년에 발표된 단편이다.

조셉 셰리든 르 파뉴 Joseph Sheridan Le Fanu(1814~1873)

아일랜드 고딕 소설의 선구자. 초자연적 현상을 당시 사회 상황에 잘 녹여낸 작품들로 유명하며 주로 괴기 소설을 즐겨 쓴 작가로 알려져 있다. 법학을 전공하고 잠시 변호사로 일했지만 사랑스런 아내 수전의 죽음 이후에 일을 그만두고 사람들을 멀리하며 글쓰기에 전념했다. 르 파뉴는 헤셀리우스 박사라는 인물이 주인공으로 등장하는 단편집 「유리잔 속에서 어둡게In a Glass Darkly」로 〈오컬트 추리물〉 장르를 개척한 것으로 평가받는다. 그는 요정이 등장하는 동화 같은 세계에도 관심을 가졌으며 단편 「카르밀라Carmilla」로 흡혈귀 신화를 다시 유행시킨 장본인 중 하나이기도 하다. 「유령과 접골사The Ghost and the Bonesetter」는 1838년에 『더블린 유니버시티 매거진』에 발표된 작품이다. 그는 기관지염으로 세상을 떠났다.

제롬 클랍카 제롬 Jerome Klapka Jerome(1859~1927)

코믹 장르의 작품으로 유명한 영국 작가. 아버지의 성함인 클랩과 망명한 헝가리 장군의 이름 클랍카에서 영감을 받아 클랍카로 이름을 바꿨다. 사업 실패로 가정 형편이 어려워지자 제롬은 철로에 떨어진 석탄을 주워 모으는 일을 하기 시작했다. 그 이후 배우, 신문 기자, 수행원, 포장업자 등의 일을 전전하다 작가가 되었다. 대표작으로는 출간 당시는 물론 지금까지 많은 사랑을 받고 있는 유머 소설 『보트 위의 세 남자』와 『자전거를 탄 세 남자』가 있다. 「청색 방의 유령The Ghost of the Blue Chamber」은 1891년에 출간된 『저녁 식사 후의 유령 이야기와 또 다른 이야기들After Supper Ghost Stories: And Other Tales』에 포함된 이야기다.

구스타보 아돌포 베케르 Gustavo Adolfo Bécquer(1836~1870)

스페인의 대표적 낭만주의 시인인 베케르는 가난으로 점철된 짧은 생애를 보냈다. 그는 진정한 낭만주의자로 은둔의 삶을 추구했고 절망적인 사랑에 시달렸다. 어릴 적부터 문학과 음악, 회화에 매력을 느꼈고, 해양 학교에 입학했다가 바로 공부를 그만두었다. 마드리드로 이주한 후에 재무부에서 한직에 근무했지만 시를 쓴다는 사실이 발각되어 해고당했다. 베케르는 무엇보다 시인이었지만 예로부터 전해 내려오는 전설과 민담, 괴담을 바탕으로 22편의 짧은 이야기를 쓰기도 했다. 1861년부터 1863년 사이에 발표된 「혼령의 산El Monte de las ánimas」도 그중의 하나다. 베케르는 34세에 폐결핵으로 세상을 떠났다.

로버트 어빈 하워드 Robert Ervin Howard (1906~1936)

미국 장르 문학의 한 획을 그은 작가로 야만인 코난을 주인공으로 한 시리즈 덕분에 〈영웅 판타지〉의 대가로 평가받지만 공포와 모험 장르 문학을 대표하는 소설가 중 한 명이기도 하다. 그는 내성적인 성격에 독서를 즐겼고 어릴 때부터 글을 쓰기 시작했다. 자살로 짧은 생을 마감했지만 많은 작품을 남겼다. 1929년작 「별 속의 해골Skulls in the Stars」은 항상 검은색 옷을 입고 있는 엄격한 청교도인으로 악과 맞서 싸우겠다는 일념으로 모험을 떠나는 솔로몬 케인을 주인공으로 한 시리즈에 속한 단편이다.

오스카 와일드 Oscar Wilde(1854~1900)

아일랜드를 대표하는 소설가이자 극작가였고 이견의 여지없는 빅토리아 시대의 가장 중요한 작가 중의 하나였다. 1895년에 동성애 혐의로 2년간 감옥에 수감되었다. 그때의 경험은 그에게 엄청난 정신적 충격으로 남았다. 그의 글은 간결하지만 우아하고 세련된 문체를 보여 준다. 잠언으로 유명한 와일드는 여러 우여곡절을 겪으며 파란만장한 삶을 보냈다. 그는 당시 유행하던 댄디 복장의 옷을 즐겨 입었고 빚더미에 허덕이다 세상을 떠났다. 사람들에게 가장 널리 알려진 그의 작품은 『도리언 그레이의 초상』일 것이다. 「캔터빌의 유령The Canterville Ghost」은 1887년에 발표된 단편이다.

천지통 陳季同(1851~1907)

중국에서 프랑스어를 공부하고 청 제국에서 외교직에 종사했다. 영향력 있는 자문관으로 일하다 1884년부터 1891년까지 주 프랑스 대사관의 파견 무관을 지냈다. 그는 중국 문화를 알리기 위해 프랑스어로 다양한 작품을 썼다. 연회에 참석하는 걸 즐겼고 우아한 중국 전통 의상 차림으로 파리의 살롱들을 드나들었다. 하지만 빚 때문에 실각하여 상하이로 이주했고 후에 대만 민주국의 외교부 장관으로 임명되었다. 「신비한 상자L'étui merveilleux」는 1889년에 출간된 『중국 이야기Contes chinois』에 수록된 단편이다.

에드거 앨런 포 Edgar Allan Poe(1809~1849)

미국의 소설가이자 시인이자 신문 기자이자 편집자였다. 포는 탐정 소설과 공포 소설, 환상 소설의 선구자로 평가받는다. 그는 자신의 이야기 속에서 초자연적이고 불가해한 현상을 통해 인간의 무의식을 탐구했다. 대표적인 작품으로는 「검은 고양이」, 「타원형 초상화」, 「구덩이와 진자」, 「어셔가의 붕괴」 등이 있다. 상대적으로 잘 알려지지 않은 「페스트 왕King Pest」도 그러한 단편 중 하나다. 현재는 미국 최고의 작가 중 하나로 평가되지만 포는 당대의 대중으로부터 철저히 외면당했다. 그의 사인에 대해서는 아직도 의견이 분분하고 광견병에 걸려 사망했을 거라는 추측도 있다.

엮은이와 그린이 소개

세레넬라 콰렐로 Serenella Quarello

1970년 이탈리아 아스티에서 태어났다. 스페인어와 루마니아어를 전공하고 외국어를 가르치며 학생 극단을 지도하고 있다. 번역가로 일하며 2008년부터 창작 동화를 쓰고 있고 그중 많은 작품이 스페인 유수의 출판사에서 출간되었다. 2013년 에델비베스 그림책상을 받은 『하늘을 나는 배와 괴상망측한 사람들』(루치에 뮐러로바 그림)을 비롯해 『벼룩과 거인』(마우리치오 콰렐로 그림) 같은 동화를 쓰고 〈에코베라노〉 교과서 집필에도 참여했다. 미겔 데 우나무노의 『안개』를 그림책으로 각색한 후에 현재는 시뎁 데 아고스티니 출판사에서 출간될 예정인 고야 평전을 작업하고 있다. 2019년 유령을 주제로 한 단편을 모아 새롭게 각색한 『유령 이야기』는 그녀의 동생인 마우리치오 콰렐로와 함께한 작품으로, 감각적인 각색과 신비로운 그림이 합쳐져 아이부터 어른까지 누구나 재밌게 볼 수 있다.

마우리치오 콰렐로 Maurizio Quarello

1974년 이탈리아 토리노에서 태어났다. 그래픽 디자인과 건축, 일러스트레이션을 공부하고 2004년부터 본격적으로 일러스트레이터로 활동하기 시작했다. 이탈리아 안데르센상, 독일 화이트 레이븐상, 벨기에 베르나르 베르셀상, 국제아동청소년도서협의회 실버 스타상 등 다수의 상을 받았다. 세계 3대 그림책 공모전인 브라티슬라바 일러스트레이션 비엔날레(BIB)에 2007년 이후로 세 번에 걸쳐 이탈리아를 대표하는 작가로 작품을 출품했다. 마체라타 근교의 작은 도시 트레이아에 거주하며 마체라타 예술 아카데미에서 일러스트레이션을 강의하고 있다. 그가 그림 작가로 참여한 책으로는 『달려!』, 『나무들도 웁니다』, 『우리 아빠는 위대한 해적』, 『로자 파크스의 버스』, 『코르착 선생님과 아이들의 마지막 여행』 등이 있다.

옮긴이 박세형

1981년 충남 홍성에서 태어나 서울대학교 서어서문학과를 졸업하고 동 대학원 석사 과정을 수료했다. 옮긴 책으로 로베르토 볼라뇨의 『전화』, 『살인 창녀들』, 『아이스링크』, 『악의 비밀』 등이 있다.

유령 이야기 에드거 앨런 포와 기 드 모파상 등 거장들의 고딕 단편집

지은이 기 드 모파상, 오스카 와일드 외 **엮은이** 세레넬라 콰렐로

그린이 마우리치오 콰렐로 **옮긴이** 박세형

발행인 홍예빈·홍유진 **발행처** 미메시스 **주소** 경기도 파주시 문발로 253 파주출판도시

대표전화 031-955-4000 **팩스** 031-955-4004

홈페이지 www.openbooks.co.kr **e-mail** webmaster@openbooks.co.kr

Copyright (C) 미메시스, 2022, *Printed in Korea.*

ISBN 979-11-5535-270-0 03880 **발행일** 2022년 1월 15일 초판 1쇄

미메시스는 열린책들의 예술서 전문 브랜드입니다.

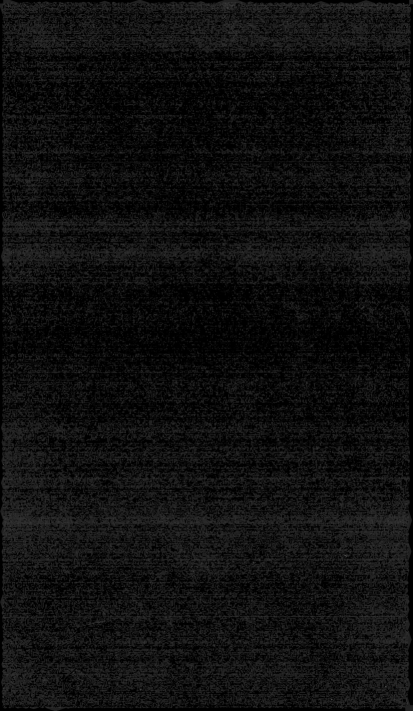